FABIAN VOGT

IMMER dem Stern HINTERHER!

24+2 HEITERE WEIHNACHTSGESCHICHTEN

BRUNNEN
Verlag GmbH · Giessen

Fabian Vogt, Jahrgang 1967, ist Schriftsteller und Kabarettist („Duo Camillo"). Als promovierter Theologe hat er zudem in der hessischen Kirche (EKHN) eine halbe Stelle für die Entwicklung „künstlerisch-kreativer Kommunikationsprojekte" inne und geht regelmäßig als Radio-Pfarrer beim Kultsender hr3 auf Sendung – wenn er nicht gerade als Kolumnist die Menschen zum Lachen und Weiter-Denken anregt.

Fabian Vogt wurde mit mehreren Literatur- und Kleinkunstpreisen ausgezeichnet und lebt mit seiner Familie im Vordertaunus bei Frankfurt am Main.

2. Auflage 2020

© 2019 Brunnen Verlag GmbH, Gießen
Lektorat: Petra Hahn-Lütjen
Umschlagmotiv: iStock
Umschlaggestaltung: Daniela Sprenger
Satz: DTP Brunnen
Druck: GGP Media GmbH, Pößneck
Gedruckt in Deutschland
ISBN 978-3-7655-0680-2
www.brunnen-verlag.de

Inhalt

Über „Immer dem Stern hinterher!"

Christina Brudereck & Andreas Malessa

„Ich liebe Weihnachten,
und ich liebe Geschichten,
die Fantasie von Fabian Vogt
und wie er die eine Weihnachtsgeschichte weitererzählt."

Christina Brudereck,
Schriftstellerin

„Er kann's einfach – herzhaftes Lachen erzeugen, verträumtes Lächeln auf die Gesichter zaubern, mit überraschenden Pointen glitzerndes Lesevergnügen machen.

Seit irgendwie alle wahnsinnig witzig sein müssen – die Standup-Comedians im Fernsehen, die YouTuber im Internet, die Werbetexter in den Zeitungsanzeigen – ist einer lieber feinsinnig humorvoll:

Fabian Vogt schenkt Ihnen keine Scherzkeks-Schachtel, sondern ein Sprachschatz-Kästlein."

Andreas Malessa,
Hörfunkjournalist mehrerer ARD-Sender, Theologe, Buchautor

Vorwort

Wer weise ist, der folgt neugierig dem Weihnachtsstern. Zumindest hat sich das vor 2000 Jahren ganz gut bewährt. Denn die Weisen aus dem Morgenland, die sich wegen dieses ungewöhnlichen Himmelszeichens auf den Weg machten, kamen ja am Ende an der Krippe in Bethlehem an. Sodass der Weihnachtsstern quasi das erste „Navi" der Weltgeschichte wurde.

Ich behaupte mal ein bisschen übermütig: Geschichten sind wie Weihnachtssterne. Na gut, vielleicht eher wie Weihnachtssternchen – aber sie haben die wundersame Kraft, uns mit wenigen Sätzen dahin zu führen, wo sich Himmel und Erde, wie an Weihnachten, berühren. Dahin, wo das eigentliche Weihnachtswunder passiert.

Zumindest hat Jesus immer dann, wenn er von Gott, vom Himmel oder vom zukünftigen Reich Gottes schwärmen wollte, leidenschaftlich gerne Geschichten erzählt: verrückte, ungewöhnliche, verblüffende und manchmal auch aufregende Gleichnisse, die mitten in der Welt seiner Zuhörer gespielt haben und trotzdem allen Hörenden klargemacht haben: Hier geht es um das Wesentliche.

Diese erstaunlichen Geschichten Jesu brachten den Hörerinnen und Hörern den Himmel vermutlich näher, als viele noch so kluge Erklärungen es je geschafft hätten. Und ich bin der Überzeugung: Das ist heute noch immer so: Geschichten können uns den Himmel ein Stück näher bringen. Oder noch treffender gesagt: Sie können uns zur Besinnung bringen. Was an Weihnachten ja äußerst passend ist.

In diesem Sinne sind die hier versammelten Weihnachtsgeschichten wie Wegweiser zum eigentlichen Weihnachtsgeheimnis. Sie erzählen – meist auf unterhaltsame Weise – von dem, was Menschen in der Adventszeit und rund um die Heilige Nacht bewegt, verwirrt, begeistert und herausfordert. Sie bringen zum Lachen und zum Staunen. Und sie tun manchmal einfach gut.

Das jedenfalls haben mir viele Menschen berichtet, die in den letzten Jahren einige der schon vorab veröffentlichten Geschichten aus dieser Sammlung irgendwo vorgetragen oder für sich selbst am Kamin gelesen haben. Und ich würde mich natürlich freuen, wenn das bei Ihnen auch klappt: Wenn Sie es sich mit dieser Anthologie richtig gut gehen lassen.

Ob Sie das Buch dabei wie einen Adventskalender nutzen und sich jeden Tag nur eine Geschichte gönnen oder ob Sie sich gleich in einem Rutsch den ganzen Reigen zu Gemüte führen, bleibt Ihnen selbst überlassen. Entscheidend ist: Lassen Sie sich auf Weihnachten einstimmen. Denn dann wird der Titel quasi das Motto der Lektüre: „Immer dem Stern hinterher!" – damit wir zur Besinnung kommen.

Herzlich

Fabian Vogt

1. Papas Parfüm

Es duftet so nach … Papa.

Wie bitte?

Das kann doch gar nicht sein.

Erstaunt starrte Paula den Nikolaus an. Moment mal. Der alte Mann mit dem schlohweißen Rauschebart, der rauen Stimme und dem roten Kapuzenmantel, der roch genauso wie Papa!

Ja, Paula war sich ganz sicher. Das war doch dieses neue Parfüm, das Mama ihm zum ersten Advent geschenkt hatte. „Hero" hieß es.

Papa hatte beim Auspacken neckisch die Augenbrauen hochgezogen – „So so, ‚Hero'" – und Mama hatte sehr lustig geguckt. Ein bisschen so, als sei sie frisch verliebt: „Na, das passt doch, mein … Hero, mein Held."

Also so was! Das war doch … da kam dieser … dieser komische Nikolaus einfach durch den Kamin, ging ins Bad und bediente sich heimlich an Papas neuem Parfüm. Was für eine Dreistigkeit!

Und eines war klar: Er hatte bestimmt nicht gefragt. Konnte er ja gar nicht. Denn Papa war noch im Büro. Mama hatte vorhin ganz traurig geklungen, als sie sich am Telefon verabschiedete.

Sie hatte den Hörer aufgelegt und dann gesagt: „Och, wie schade. Du, Paula, Papa muss noch arbeiten, er kann leider nicht dabei sein, wenn der Nikolaus kommt. Wie blöd!"

Tja, und dann so was. Da nutzte dieser rote Heini die Gelegenheit, dass Papa nicht zu Hause war, und benutzte verbotenerweise sein Parfüm. Obwohl das doch so teuer gewesen war.

Ja, als Papa seine kleine Paula am ersten Advent aufgefordert hatte, den neuen Duft doch mal auszuprobieren, hatte diese gleich fröhlich losgesprüht – Parfüm aufs Handgelenk, auf den Hals, auf die Füße, auf die Barbie, auf Ken – woraufhin Mama mahnend gerufen hatte: „Paula, nicht so viel. Es reicht. Da kostet jeder Tropfen ein kleines Vermögen. Das ist nur für Papa. Ab jetzt darf da keiner mehr ran. Verstanden?"

Ja, Paula hatte verstanden. Aber der hier nicht, der Nikolaus. Dieser ... dieser freche Kerl. Dieser Duft-Dieb. Der stand da ganz scheinheilig vor dem Kamin, holte Apfel und Nuss und Mandelkern aus seinem Jutesack und tat so, als wäre nichts. Dabei war sein Frevel, sein Vergehen im ganzen Zimmer zu riechen.

Einfach unglaublich ... kleine Süßigkeiten verschenken und selbst Parfüm klauen.

Paula musste schlucken. Vielleicht tat sie dem Nikolaus ja unrecht. Vielleicht hatte der einfach genau das gleiche Parfüm von seiner Frau geschenkt bekommen. Nee. Der Nikolaus hatte doch keine Frau. Oder doch? Nicola? Nikolausine? Nein, ganz bestimmt nicht.

Und wenn er sich das Parfüm selbst gekauft hatte? Auch nicht. Auf gar keinen Fall. Der Nikolaus hielt doch nicht einfach mit seinem Rentierschlitten bei der Parfümerie „Douglas" und ließ sich neuste Duftkreationen vorführen. Und wenn, dann hätten das die Zeitungen garantiert berichtet: „Nikolaus kauft ‚Hero'-Parfüm."

Es musste eine andere Erklärung geben.

Bestimmt hatte der Nikolaus, als er bei ihnen angekommen war, nur mal schnell aufs Klo gemusst. Klar, nach der vielen Rumfliegerei in der Kälte. Dem ewigen Sitzen in Bärenfellen. Nach all den endlosen „Ho-ho-hos" und der Kaminkletterei … Da hatte er in ihrem Bad das Parfüm gesehen und sich gedacht: „Ich möchte auch mal wie ein Held riechen. Nur einmal im Leben."

Ja, so war das passiert.

Auf einmal tat Paula der Nikolaus leid. Unendlich leid. Dieser arme Mann. Immer unterwegs. Den ganzen Tag Geschenke verteilen. Keine Frau zu Hause. Kein Parfüm. Keine eigenen Kinder. Kein Wunder, dass er, dieses Vorbild an Anstand und Ordnung, in ihrem Bad die Nerven verloren hatte. Er war vor lauter Verzweiflung, vor lauter Sehnsucht nach Wohlgeruch über die Stränge geschlagen. Aber bestimmt nicht aus Bösartigkeit, sondern nur wegen der Umstände. Und wahrscheinlich hatte er auch eine schwere Kindheit.

Paula sprang auf, hörte ihre Mutter rufen: „Wo willst du denn hin?", aber da war sie schon in der Küche.

Schnell holte sie aus der Werkzeugkiste neben der Spülmaschine den Hammer und rannte die Treppe hoch in ihr Zimmer.

Wo war es nur? Genau, da, auf dem Regal neben dem Playmobil-Schloss: das Sparschwein.

Mit einem Schlag zertrümmerte Paula die Porzellan-Sau und klaubte die Münzen aus den Scherben. Das waren – eilig zählte sie – ungefähr elf Euro dreißig. Bekam man dafür ein Parfüm? Einen Flakon „Hero"? Egal. Sie musste wieder runter, bevor der Nikolaus weiterfuhr.

Im Flur tönte es schon laut: „Ho-ho, ho-ho. Hast du deine Blockflöte geholt, um mir etwas vorzuspielen, kleine Paula?"

Paula schüttelte den Kopf. Biss sich auf die Lippen.

Leise sagte sie: „Ich weiß, was du gemacht hast, lieber Niko-laus. Aber das ist nicht schlimm. Du warst halt auch mal nicht artig. Das kann jedem passieren."

Flüsternd fügte sie hinzu: „Mach dir keine Sorgen! Ich sag es keinem. Also, dass du heimlich das neue, teure Parfüm von meinem Papa benutzt hast. Und die Adventszeit ist doch eine Zeit, in der man vergeben soll. Weil Gott bald auf die Erde kommt."

Sie drückte dem Nikolaus die Münzen in die Hand: „Hier. Nimm. Mit dem Geld kannst du einen Engel losschicken, der dir das Gleiche kauft. Es heißt ,Hero' und duftet wirklich ganz toll."

Sie grinste. „Aber das weißt du ja schon. Und verrat es bitte nicht meinem Papa. Der hat nämlich gesagt: Mein Erspartes darf ich nur für was ganz, ganz Wichtiges ausgeben. Also nicht für Süßigkeiten oder Comic-Hefte oder so. Aber, es ist doch wichtig, dass der Nikolaus auch mal wie ein ,Hero' riecht. Oder nicht?

Nikolaus? Weinst du?"

Der Nikolaus nahm Paula in die Arme. Etwas zu fest, fand sie. Sie sollte sich doch nicht von fremden Männern in den Arm nehmen lassen.

Obwohl: Das war ja der Nikolaus. Und er duftete so sehr nach Papa.

2. Schmucker Schmuck

„Schön, oder? Das wird ihm bestimmt gefallen. Er wollte doch unbedingt, dass unser Weihnachtsbaum dieses Jahr etwas kindgerechter gestaltet wird."

Mama klang zufrieden.

Und Johann? Nun, der wusste sehr wohl, dass er nicht an der Tür lauschen sollte. Schon gar nicht an der Tür zum Weihnachtszimmer. Aber wenn seine Mutter um das Schmücken des Baumes immer so ein Tamtam, so eine Geheimnistuerei machte, war sie ja selbst schuld. Sie forderte es doch heraus, dass man ihr hinterherspionierte. Also: dass man zufällig hier stand.

Und als seine Mutter wenig später an sein Zimmer klopfte und sagte: „Du Hanni …" (wann hörte sie endlich auf, ihn so bescheuert zu nennen?) „… Papa hat gleich einen Termin, und ich muss vor dem Abendessen noch mal schnell in den Supermarkt. Du kannst doch bestimmt eine halbe Stunde allein bleiben", da sagte Johann ganz lässig: „Null problemo".

Während es in ihm schrie: „Ja, geht schon. Weg mit euch! Dann habe ich endlich freie Bahn. Und dann werde ich schon herausfinden, was dieses Jahr an unserem Weihnachtsbaum so ,kinderfreundlich' ist."

Kaum waren seine Eltern in den blauen Zafira gestiegen, öffnete Johann leise und vorsichtig die Tür zum Weihnachtszimmer. Trotz all der eindringlichen Ermahnungen seiner Mutter: „Es wird nicht geguckt. Verstanden? Ich verlass' mich auf dich. Erst am Heiligen Abend."

Nein, nicht erst am Heiligen Abend. Jetzt! Es ging nicht anders. Er musste da rein. Und er ... er war das ja gar nicht. Nein, das war etwas in ihm, eine mysteriöse Macht ... und die steuerte ihn zielstrebig in die verbotene Zone. Er konnte nichts dafür. Gar nichts.

Außerdem hatte er doch die Ungeduld seiner beiden Großmütter geerbt. Das sagten alle. Und wenn seine ständige Neugier von den Omas stammte, dann war dieses Erkunden des Weihnachtszimmers ohnehin nicht seine Schuld. Gott sei Dank. So, Augen auf.

Boah! War das klasse. Was für ein toller Baum. Nicht wegen des Schmucks. Der sah aus wie immer. Aber seine Mutter hatte dieses Jahr überall an die Zweige Johanns absolute Lieblingskekse gehängt – Spritzgebackenes mit Schokoladenüberzug. Für die würde er sogar klaglos zwei Wochen aufs Nintendo-Spielen verzichten. O Mann. Ein Baum zum Vernaschen. So was Verführerisches. Mmmh ...

Und jetzt: Genug gesehen. Zurück ins Kinderzimmer.

Obwohl ...

Da oben. Da hing ein Keks so halb schräg hinter der Kerze. Weit hinten. Ein frisch gebackener Außenseiter. Sie würden es nicht merken. Oder doch? Nein, es würde nicht auffallen, wenn einer fehlte. Der war ohnehin etwas kleiner, und – wie gesagt – kaum zu sehen. Also los ...

Ein Traum. Johann schloss die Augen und genoss den karamelligen Geschmack. So was Köstliches. Und so schnell runtergeschluckt. Nun ... da, der neben der weißen Kugel, nah an der Wand, der war auch fast verborgen. Und der Keks da drüben, zwei Äste tiefer, lag garantiert im Halbdunkel. Ohne nachzudenken, zupfte der Junge das Gebäck vom Baum.

Ob man es sah? Dass etwas fehlte? Johann trat zwei Schritte zurück. Nein, nicht wirklich. Glück gehabt. Obwohl: Jetzt hingen auf der linken Seite deutlich mehr Kekse als auf der rechten. Blöd! Er musste das Gleichgewicht wiederherstellen. Schnell nahm er zwei Spritz-Kringel von den Ästen auf der anderen Seite. O weia, waren die lecker!

Jetzt aber Schluss. Wirklich! Aufhören. Beherrsch dich. Sofort.

So ging das ja gerade noch. Und notfalls konnte er alles dem Hund in die Schuhe, nee ... in die Pfoten schieben. Gute Idee. Lucy hatte schon mal verbotenerweise vom Weihnachtsbaum genascht. Letztes Jahr. Aber Achtung. Der Rauhaardackel hätte natürlich zuerst die untersten Kekse abgefressen. Also mussten die weg. Blitzschnell verschwanden fünf weitere Kekse in Johanns Mund.

Als er diesmal zwei Schritte zurücktrat, um die Situation zu begutachten, wurde ihm ganz flau im Magen. Sie würden es merken. Natürlich. Und ... und sie würden die Geschichte mit Lucy nicht glauben. Niemals.

Vor lauter Verzweiflung aß Johann noch zwei Kekse. Als Nervennahrung. Quasi zur Krisenintervention.

Jetzt hingen am Weihnachtsbaum überhaupt nur noch fünf Kringel. Und da war es eh egal. Vielleicht fiel das Fehlen der Kekse ja weniger auf, wenn gar keiner mehr da war. Wer's glaubt, wird selig. Selbst ein Blinder mit Krückstock würde auf den ersten Blick wahrnehmen, dass diese Nordmann-Tanne radikal geplündert worden war. Sie sah erbärmlich aus. Ihm musste etwas einfallen. Und zwar schnell. Sehr schnell.

Johann rannte in sein Zimmer. Voller Panik schaute er sich um. Nichts. Was konnte er nur an den Baum hängen?

Nein, die nicht! Oder doch? ... Die würden ihn vielleicht beschützen.

Na ja. Es war auf jeden Fall besser als nichts.

Blitzschnell schnappte sich der Junge die Kiste mit seinen besonderen Schätzen und machte sich ans Werk. An jeden Faden eine ... eine Figur. Eine seiner geliebten Lego-Figuren. Aus der StarWars-Serie. Diese kostbaren Helden, die er hütete wie seinen Augapfel.

Zuerst Obi-Wan Kenobi. Dann Luke Skywalker. Daneben Darth Vader und Han Solo.

Moment mal ... das sah ja gar nicht schlecht aus. Weiter.

An die äußeren Zweige kamen mehrere Kampfdruiden – und zwei Tuskenräuber. Im mittleren Teil dann eine Reihe von Klon-Kriegern. Und ganz oben R2-D2 und C-3PO. Und natürlich Yoda. Yoda thronte über allem und schaute weise und verständig auf die Zweige herunter.

Was für ein einzigartiger Weihnachtsbaum. Genau so hatte er ihn sich gewünscht. Also: mit StarWars-Figuren – und mit Keksen. Aber man konnte ja nicht alles haben.

Johann war beim Abendessen die ganze Zeit unruhig. Aber seine Mutter ging nicht ins Weihnachtszimmer. Als der Junge schon ins Bett gegangen war, kam sein Vater nach Hause. Und der öffnete sofort die Tür. Johann erkannte sie an ihrem typischen Quietschen.

Ein erstickter Aufschrei. Ein Ruf. Eine aufgeregte Diskussion.

Dann näherten sich Schritte seinem Zimmer. Von zwei Personen.

Puh. Was jetzt?

Was konnte passieren? Würden sie ihm alle Geschenke streichen? Ihn einsperren. Zwei Wochen Fernsehverbot. Vier Wochen Nintendo-Verbot. Lebenslanger Liebesentzug.

Tränen liefen an seiner Nase vorbei.

Dann ging die Tür auf. Mama und Papa.

Sie hatten beide die rechte Hand erhoben und riefen: „Möge die Macht mit dir sein!"

Sein Vater ergänzte sanft: „Die Macht Gottes. Wir haben dich unglaublich lieb."

Dann schlossen sie die Tür wieder. Lachend.

3. Die Erfindung von Weihnachten

In den Frühlingstagen des Jahres 336 sprachen die Christinnen und Christen auf den staubigen Gassen und in den überfüllten Schänken Roms nur über eines: den überraschenden Tod des Ketzers Arius in Konstantinopel.

Über den dreisten Mann, der der Menschheit ihren Erlöser hatte rauben wollen.

Aber vielleicht war Arius ja gar kein Ketzer gewesen?

Immerhin hatte die Synode von Tyrus und Jerusalem den Störenfried im vergangenen Jahr offiziell rehabilitiert. Und man munkelte, dass in den östlichen Kirchengebieten inzwischen mehr Glaubende der seltsam verqueren Lehre des Arius anhingen als dem wahren Evangelium, in dem doch unmissverständlich verkündet wurde, dass Jesus der leibliche Sohn Gottes ist.

Arius jedenfalls hatte erklärt, der Vater und der Sohn seien keineswegs gleichen Wesens. Es gäbe nur einen einzigen Gott – und der hätte seinen Sohn Jesus zwar geschaffen, aber eben als rein menschliches Geschöpf. Deswegen sei Jesus nicht göttlich gewesen. Was für eine Dreistigkeit!

„Arius wurde wahrscheinlich vergiftet", flüsterten manche mit rauer Stimme, wenn das Gespräch wieder einmal auf den unerwarteten Todesfall kam.

Gift? Das war sehr wohl möglich. Schließlich hatte einer seiner erbittertsten Gegner, der kämpferische Bischof von Konstantinopel, öffentlich gebetet: „O Herr, bitte schenke, dass entweder Arius oder ich ... dass einer von uns beiden den Tag seiner Wiederaufnahme in die Gemeinschaft der Christenheit nicht mehr erlebt."

Und nun war der jüngst begnadigte Ketzer tatsächlich wenige Tage vor seiner – von Kaiser Konstantin massiv unterstützten – Rückkehr in den Schoß der Kirche plötzlich dahingegangen. Nach einem Zufall sah das nicht aus. Aber ob das wahrhaft Gottes Wille war?

Kein Wunder, dass die wildesten Verschwörungstheorien durch die Atrien der Häuser zogen und die Menschen überall am prall mit Schmelzwasser gefüllten Tiber dazu brachten, mit den Armen zu fuchteln und erregt zu diskutieren, was dieses Hinscheiden des Arius denn nun für die Christenheit bedeute.

Auch der luchsäugige junge Mann, der sich auf Zehenspitzen einer dunkelhäutigen, groß gewachsenen Sklavin beim Aquädukt auf der Via Apia näherte, konnte es nicht lassen, das aktuelle Thema aufzugreifen.

Laut rief er: „Was glaubst du, Aurelia: Ist der Kaiser in Wahrheit ein Anhänger des Arius? Sag mir, was du denkst!"

Die Angesprochene erschrak und sprang einen Schritt zur Seite. Dann lachte sie. „Titus! Du sollst dich doch nicht immer so anschleichen."

Schnell zog sie ihren Liebsten in einen Hauseingang und gab ihm einen langen, hingebungsvollen Kuss, nach dem sie erst einmal wieder zu Atem kommen musste.

„Wie schön, dich zu sehen, meine Augenweide! War das eben eine ernst gemeinte Frage?"

„Aber sicher!"

Aurelia stellte die beiden Wassersäcke, die sie kurz zuvor am Aquädukt gefüllt hatte, vorsichtig zu Boden. Dabei schaute sie zu Titus auf. „Keine Ahnung. Ich denke, Kaiser Konstantin glaubt vor allem an das, was ihm politisch am meisten nutzt. Also hat er zuletzt auch den Ketzer Arius unterstützt. Warum fragst du?"

Der junge Mann grinste. „Ach, ich hatte heute Morgen eine verrückte Idee. Eine ziemlich verrückte Idee sogar. Aber sie lässt mich einfach nicht mehr los. Doch um sie umzusetzen, brauche ich deine Hilfe."

Die Sklavin sah ihn erwartungsvoll an. „Ach! Und wie soll ich dir helfen?"

„Ich möchte, dass du Bischof Marcus einen Vorschlag von mir unterbreitest."

Aurelia biss sich auf die Unterlippe. Fragend. „Warum machst du das denn nicht selbst?"

Titus zuckte mit den Schultern. „Weil der Bischof mir nicht traut. Das weißt du doch. Dir dagegen vertraut er absolut. Du bist seine Haushälterin und schon lange in der Gemeinde – während mein Vater als Priester des Sonnengottes arbeitet. Marcus kann offensichtlich nicht glauben, dass ich tatsächlich Christ geworden bin. Ich vermute, er denkt nach wie vor, ich wäre ein heimlicher Spion meines Vaters. Dabei ist mein Plan wirklich großartig."

Aurelia schaute auf den Boden. „Du … ein Spion deines Vaters? Dass ich nicht lache. Du hattest ja noch nicht einmal den Mut, deinem Vater offen zu sagen, dass du jetzt zu unseren Gottesdiensten kommst … und dass du eine wunderbare Frau kennengelernt hast. Oder konntest du inzwischen mit ihm reden?"

„Das … das ist nicht so leicht, wie du dir das vorstellst."

Die Afrikanerin legte ihre Hand auf seine Wange. „Vermutlich ist es viel einfacher, als du ahnst. Aber jetzt erzähl erst mal von deinem Plan. Warte … was hältst du davon, wenn wir da drüben unter dem Olivenbaum weiterreden?"

Schnell zog sie den jungen Mann mit sich in den Schatten und zu einer umgestürzten Säule, auf die sie sich setzen konnten.

Titus suchte nach Worten. Schließlich schaute er seine Freundin sehr konzentriert an. „Pass auf, Aurelia: Seit vielen Jahren streiten die Theologen darüber, ob Jesus nun göttlich ist oder nicht. Also: Ob Arius recht hat oder nicht. Aber all diese komplizierten Argumente erreichen die Seelen der Menschen nicht."

„Wie meinst du das?"

Titus neigte den Kopf. „Denk nur mal an die vielen lateinischen und griechischen Fachbegriffe, die die Gelehrten ständig verwenden: Sind Gott und Jesus ‚wesenseins', ‚wesensgleich' oder ‚wesensähnlich'? Wer versteht denn so etwas? – Niemand.

Wenn wir wirklich wollen, dass die Menschen glauben können, von ganzem Herzen glauben können, dass Jesus als leibhaftiger Sohn Gottes auf die Welt kam, dann brauchen wir nicht nur kluge Worte, dann brauchen …" Er ergriff ihren Arm. „… dann brauchen wir … ein Fest. Ja, wir sollten die Menschwerdung Gottes feiern. Und zwar so richtig rauschend. Mit allem Drum und Dran."

„Du meinst: die Geburt von Jesus?"

„Ja, genau, seine Geburt im Stall als von Gott gezeugtes Kind. Als Sohn des Höchsten." Seine Stimme überschlug sich jetzt fast. „Wir brauchen ein ergreifendes alljährliches Fest, das den Menschen diese Botschaft immer wieder neu vor Augen führt: Gott selbst wurde Mensch.

Eine Feier oder meinetwegen einen Festgottesdienst, der

den Glaubenden die Heiligkeit von Bethlehem wirklich nahebringt. Einen Anlass, der sie richtig berührt. Der sie ganz tief im Inneren berührt."

Aurelia schaute an Titus vorbei in die Ferne. „Ja, warum nicht. Das klingt vernünftig. Soweit ich weiß, gibt es zwar schon einige kleinere Kirchen, in denen im Frühling der Geburtstag Jesu begangen wird, aber das scheint bislang keine besonders bedeutsame Feierlichkeit zu sein."

Titus sprang auf. Mit weit aufgerissenen Augen sagte er: „Genau, und wir müssen ein Zeichen setzen … gegen Arius … und gegen die heidnischen Kulte … und deswegen dachte ich mir …"

Er machte eine theatralische Pause: „Weil ohnehin keiner genau weiß, an welchem Tag Jesus geboren wurde, sollten wir dieses wichtige Ereignis am 25. Dezember feiern. Ja, am 25. Dezember. Und wir könnten dieses Jahr damit anfangen."

Die junge Frau atmete hörbar ein.

Dann lachte sie. „Ich verstehe. Und du willst damit zugleich deinem Vater eins auswischen? Stimmt's? Der 25. Dezember ist doch der große Festtag seines Tempels, beziehungsweise seines Gottes. Der Geburtstag des unbesiegten römischen Sonnengottes, des Sol invictus, der seit 274 jedes Jahr zelebriert wird."

Der aufgeregte Mann nickte: „Ja, aber der Sol invictus ist nun mal ein Götze. Es gibt ihn nicht. Und genau deshalb sollten wir sein Fest … sagen wir mal: umdeuten."

Aurelia kniff die Augen zusammen: „Wie ‚umdeuten'?"

„Ganz einfach: An diesem Tag … am 25. Dezember … da feiern die Römer jedes Jahr die Sonne. Aber die wahre Sonne ist nun mal … na? … genau: Jesus. Er ist das Licht der Welt.

Habe ich recht? Ja, habe ich.

Schließlich heißt es schon beim Propheten Maleachi: ‚Euch soll aufgehen die Sonne der Gerechtigkeit.' Da hast du's, Aurelia! Wir zeigen den Heiden, dass Jesus die wahre Sonne ist. Und wir zeigen den Arianern, dass die Geburt der göttlichen Sonne schon im Alten Testament angekündigt wurde.

Darum sollte der Geburtstag des Sonnengottes in Zukunft zum Geburtstag des wahren Gottessohns werden. Das wäre doch fantastisch!

Außerdem: Hat nicht Johannes der Täufer gesagt ‚Jesus soll zunehmen, ich muss abnehmen'? Das passt perfekt dazu, dass laut Julius Caesar die Nacht vom 25. Dezember die längste Nacht des Jahres ist.

Das heißt: Von diesem Moment an wird es immer heller. Jeden Tag ein bisschen. Also, ich würde behaupten: Wenn Jesus die wahre Sonne ist – und das haben wir ja auch lauthals bekannt, als wir die römische Bezeichnung ‚Sonntag' als Christen für den Tag des Herrn übernommen haben –, dann ist der 25. Dezember der perfekte Termin, um die Geburt Jesu zu feiern."

Über Aurelias Gesicht zog ein verschmitztes Lächeln: „Ach, und Kaiser Konstantin, der ja den Sol invictus als göttlichen Beschützer des Herrschers noch immer verehrt, müsste sich dann endlich entscheiden, zu welcher Feier er erscheint … zu der christlichen oder der heidnischen.

Nicht dumm! Ja … wenn Konstantin zu unserem Gottesdienst käme, dann wäre das ein eindeutiges Zeichen gegen den heidnischen Sonnenkult und für die Menschwerdung Gottes. Ganz schön raffiniert von dir."

Titus schaute sie stolz an. „Danke. Aber mir geht es nur am Rand um den Kaiser. Ich glaube, dass so ein Geburtsfest von Jesus für die gesamte Christenheit von besonderer Bedeutung werden könnte. Zu einem heiligen Fest, das noch in vielen Jahrhunderten auf der ganzen Welt gefeiert wird.

Also, was ist, Aurelia: Kannst du dir vorstellen, Bischof Marcus diesen verrückten Vorschlag zu unterbreiten? Mit all der Klugheit und Begeisterung, mit der du auch mein Herz erobert hast?"

Die junge Frau nahm Titus' Hand. „Mein Liebster! Ich weiß nicht einmal, ob Marcus mir lange genug zuhören würde. Der Bischof hat so viel zu tun. Er lässt gerade zwei Basiliken in der Stadt bauen, er fertigt eine Liste der bisherigen römischen Bischöfe an – und er muss den ganzen Tag mit Leuten verhandeln, die wissen möchten, ob die Lehre von Arius nicht doch …"

„Ja, aber genau darum geht es mir ja. Ich glaube, dass so ein Geburtsfest von Jesus die Gläubigen unglaublich stärken und ihre Zweifel überwinden könnte. Bitte, probiere es! Es könnte so viel verändern. Komm, sei mutig."

Aurelia seufzte: „Gut, aber unter einer Bedingung." Sie grinste. „Wenn ich mutig sein soll … musst du auch mutig sein. Das heißt: Ich rede mit dem Bischof – und du … du redest mit deinem Vater. Dann kaufst du mich frei, und wir ziehen zusammen auf das kleine Landgut, das dir schon überschrieben wurde. Einverstanden?"

Titus schloss kurz die Augen. Dann küsste er die Sklavin, die sich übermütig in seinen Haaren festkrallte.

Am 25. Dezember 336 wurde in Rom der erste historisch belegte Weihnachtsgottesdienst gefeiert – nachdem die Geburt Jesu drei Jahrhunderte lang in der Christenheit keine eigenständige Tradition entwickelt hatte. Und vielleicht standen in einer der vorderen Reihen ein junger Adliger und seine farbige Frau. Hand in Hand.

4. Fette Beute

Achim war sauer. Stinksauer sogar. Der Typ, den ihm sein Auftraggeber diesmal als Unterstützung für den Einbruch geschickt hatte, war offensichtlich ein blutiger Anfänger. Und noch dazu aus irgendeinem Land im fernen Osten. Usbekistan. Oder Kasachstan. Oder Tadschikistan. Oder wie diese komischen Staaten alle hießen. Der sprach nur gebrochen Deutsch, sah aus, als wäre er in einer völlig abgelegenen Jurte im Hochgebirge aufgewachsen – und grinste auf dem Beifahrersitz über beide Ohren, als wäre das Ausrauben einer Villa so amüsant wie der Ausflug in einen Freizeitpark.

Achims Auftraggeber achtete sorgfältig darauf, dass seine Banden für jeden Job neu zusammengestellt wurden. Verständlicherweise: Wer seine Mittäter nicht kannte, der konnte sie auch nicht verpfeifen. Vorsicht ist die Mutter der Porzellankiste. Aus diesem Grund war Achim auch dem „Chef" noch nie persönlich begegnet.

Nach einem Bruch wurde die Beute normalerweise in einem Schließfach am Bahnhof versteckt und der Schlüssel an ein Postfach in Bielefeld geschickt. Anonym, unauffällig, sicher. Später bekam der Ganove dann ein Viertel des Schwarzmarktpreises von allem, was er hatte mitgehen lassen. Und das war oft nicht wenig. Aber dass er jetzt mit so einem komischen Typen zusammenarbeiten musste, passte ihm gar nicht.

Am Morgen war wie immer eine kurze Nachricht gekommen. Getarnt als Spam-Mail „Via*gra for free!". Darunter nur die Adresse des Hauses. Der Zeitpunkt. Ein knapper Hinweis: „Familie ist im Weihnachtsgottesdienst – ihr habt 1,5 Stunden." Und der Ort, an dem er den Afghanen (oder was immer der Kerl da neben ihm war) abholen sollte.

„Komisch", hatte er gedacht, „dass die Leute gerade an Weihnachten so blöd sind und ihre Häuser völlig unbewacht zurücklassen. Das ist ja geradezu eine Einladung für jeden Einbrecher."

Achim schaute kurz zu seinem Beifahrer und sagte dann trocken: „Wenn wir drin sind, müssen wir uns beeilen. Ich schlage vor, du übernimmst das Erdgeschoss – ich gehe direkt hoch in den ersten Stock. Ich kenne solche Leute und weiß, wo die ihre Wertsachen am liebsten verstecken. Du ahnst gar nicht, wie primitiv die Reichen sind. Wenn sie keinen Safe haben, dann liegen die Nacktbilder der Ehefrau immer unter den dicken Winterpullis im obersten Schrankfach – und das Bargeld meist im Schreibtisch. Überall das Gleiche."

Der Kirgise nickte lächelnd.

Achim hatte eine Zeit lang bei einem Sicherheitsdienst gearbeitet – und erkannte das Modell der Alarmanlage sofort. Preisgünstiges System. Relativ leicht auszutricksen. Mit einer geschickten Bewegung hebelte er die Terrassentür auf, sprintete zum Schaltkästchen im Flur und sorgte dafür, dass der Alarm nicht ausgelöst wurde. Wunderbar. Sie waren drin. Schnell checkte er ab, ob die Besitzer noch irgendwelche anderen Sicherheitsmaßnahmen ergriffen hatten, aber es war nichts zu entdecken.

„Also", flüsterte er, „wie besprochen: Ich gehe hoch. Du schaust hier. Du … hier … gucken. Verstanden?" Er drückte dem immer noch lächelnden Turkmenen einen groben Sack für die Wertgegenstände in die Hand und schlich die Treppe hoch.

„Wenn irgendetwas ist, dann komm hoch und hol mich. Und mach ja kein Licht an. In Vierteln wie diesen hat man es meist mit ziemlich wachsamen Nachbarn zu tun. Alles klar? Ach ja, und zieh auf keinen Fall deine Gummihandschuhe aus – ein Fingerabdruck, und die kriegen uns."

Der andere nickte – und Achim fragte sich genervt, ob der Kerl überhaupt ein Wort von dem verstanden hatte, was er ihm gesagt hatte. Egal.

Oben angekommen, fing er an, die Räume systematisch zu durchsuchen. Mit großem Erfolg. Er schätzte, dass allein der Schmuck im Bad mehrere Hundert Euro wert war. Ringe aus Weißgold, eine mit Brillantsplittern verzierte Kette, eine kostbare Brosche. Ein Stück nach dem anderen landete in dem Beutel, den er sich an den Gürtel gebunden hatte.

Plötzlich legte sich eine Hand auf seine Schulter. Instinktiv sprang Achim in Verteidigungsstellung – und hätte fast zugeschlagen, als er erkannte, dass der Uigure hinter ihm stand.

„Komme du schnell!"

„Was ist denn?", zischte Achim.

Der andere grinste so breit, dass seine Zähne im Mondlicht leuchteten. „Das du mussen angucken. Fette Beute."

Widerwillig folgte Achim dem Karakalpaken nach unten ins Wohnzimmer.

„Ja, und?"

Sein Gegenüber nickte ganz eifrig mit dem Kopf. „Komische Leute. Haben bunten Baum im Wohnzimmer. Und unten drunter ganz viele gute Sache."

Er deutete freudig auf den Stapel mit Geschenken, die in buntes Papier eingeschlagen waren. „Wir sollte auspacke. Vielleicht teuer."

„Was? Hast du noch nie einen Weihnachtsbaum gesehen?"

Der Usbeke zog fragend die Schultern hoch. „Wainachdsbohm?"

Achim zögerte, dann sagte er: „Bei uns stellt man an Weihnachten einen Tannenbaum auf und schenkt sich gegenseitig etwas ... warte mal ... möglicherweise hast du recht. So ein brandneues Handy in Originalverpackung wäre nicht zu verachten. Also los! Packen wir's aus."

Kurz darauf saßen die beiden Einbrecher im Schneidersitz vor dem Weihnachtsbaum und öffneten die Geschenke. Und der Tatare schaute dabei so beseelt drein, als ob ihm das unglaublich viel Spaß machte. Immer, wenn er wieder etwas ausgepackt hatte, hielt er es aufgeregt hoch, zeigt es Achim lachend und freute sich wie ein Schneekönig. „Schöne Ding. Schaust du! Echt wunderbare Sache. Die sich werde freuen. O, wie hubsch."

„Ja, ist ja gut", muffelte Achim. „Pack das Armband, den Fitness-Tracker, die externe Festplatte und das Nintendo ein. Den Rest können wir nicht gebrauchen." Verblüfft schaute er das Buch in seinen Händen an: „Wer verschenkt denn heute noch die ‚Duineser Elegien' von Rainer Maria Rilke?"

Er erhob sich und wollte gerade wieder in den ersten Stock gehen, als der Meschete ihm noch einmal hinterherrief: „Wart! Was das?"

Achim schaute auf die Kiste in der Hand seines Kompagnons und sagte: „Das ist ein Rasierer. Teures Teil. Den kannst du auch mitnehmen. Lässt sich gut bei eBay verkaufen."

„Nein, nicht Gerät. Hier das!"

Der junge Mann legte die Verpackung beiseite und deutete hinter sich. Direkt neben den mit Lametta und weißen Kugeln überladenen Tannenbaum.

Achim hielt inne. „Was denn? Wir hab'n nicht ewig Zeit."

„Was das sein?"

Jetzt erst erkannte Achim, dass der andere auf eine filigrane Weihnachtskrippe deutete, die auf einem kleinen Hocker aus

Nussbaum stand. Niedliche runde Figuren, die offensichtlich im Erzgebirge geschnitzt worden waren. Er atmete tief aus. Dann erwiderte er wütend: „Das ist das Jesuskind in der Krippe. Darum feiern wir Weihnachten. Reicht das?"

Der Usbeke schüttelte den Kopf. „Was für Kind?"

Achim seufzte, dann drehte er sich wieder um. „So genau weiß ich das auch nicht. Also, das Kind heißt Jesus. Und seine Mutter Maria … es geht darum, dass Gott … ja, dass Gott entschieden hat, dass er selbst ein Mensch werden möchte. Man kann also sagen: Dieses Kind ist Gott. Irgendwie jedenfalls. Und heute, am Heiligen Abend, feiern alle, dass Gott geboren wurde. Das bedeutet Weihnachten. Können wir jetzt, bitte, unsere Arbeit machen?"

„Gott ist geworden Mensch?" Der Asiate streckte fragend den Kopf vor. „Echt?"

„Ja, daran glauben die Christen. Vor zweitausend Jahren kam Gott als Kind auf die Welt."

Der Kasache saß noch immer im Schneidersitz auf dem Boden.

Andächtig, ja fast schon zärtlich, nahm er das geschnitzte Jesuskind aus der Krippe und schaute es an. Lange. Dann murmelte er: „Aber warum? Warum kommt Gott auf Erde? Bei Tiere im Stall? In Schmutz?"

Achim kratzt sich am Arm. „Hör mal zu, wir sind nicht hier, um theologische Gespräche zu führen, sondern um fette Beute zu machen. Könntest du jetzt bitte die Figur zurücklegen. Wir haben nicht mehr viel Zeit. Demnächst kehrt die Familie aus dem Gottesdienst zurück. Und das wäre gar nicht gut. Kapiert?"

„Warum kommt Gott auf Erde?" Der Tadschike hielt ihm das kleine Jesuskind fast flehend entgegen. Sein Gesicht eine einzige Frage.

Achim verzog den Mund. „Weil … weil … verdammt noch mal … ich habe in Reli immer gepennt. Keine Ahnung.

Gott ... Gott kommt auf die Welt ... weil er sie retten will ... nehme ich jedenfalls mal an ... weil er sie liebt ... ja ... weil er die Menschen so sehr liebt, dass er ihnen nahe sein will. Und damit sie erkennen, wie sehr er sie liebt. Darum kommt er auch in einem Stall zur Welt. Nicht wie ein hochtrabender Fürst, sondern ganz ... ja, ganz menschlich."

Lange starrte der Junge in die Dunkelheit. Dann sagte er leise: „Auch mich?"

Sein Gegenüber starrte ihn an. „Was ‚dich'?"

„Ist Gott auch für mich gekommen in Welt?"

Achim schüttelte sich: „Was weiß ich?! Ich nehme mal an: Ja. Ja, Gott ist für alle Menschen auf die Welt gekommen. Zufrieden?"

„Er liebt auch mich?"

Langsam riss Achim der Geduldsfaden. „Ja, Gott liebt auch dich. Und jetzt reicht's. Reiß dich zusammen. Es bleiben uns noch maximal zehn Minuten. Ich gehe jetzt hoch. Und wenn ich wieder runterkomme, dann hast du bitte alles, was in diesem Stockwerk irgendwie wertvoll ist, in deinen Beutel gepackt. Ich muss schon sagen: Ich musste noch nie einen Job mit so einer Pfeife wie dir erledigen."

Er verließ das Zimmer. „Weiß der Mensch nicht mal, was Weihnachten ist. Der muss ja wirklich in der hintersten Taiga aufgewachsen sein ..."

„Ich weg ..."

„Was?"

Der junge Mann stand hinter ihm im Flur und zeigte nach draußen. „Ich gehen weg."

„Was? Auf keinen Fall. Du bringst gefälligst diesen Auftrag zu Ende. Hast du denn völlig den Verstand verloren? Wir sollen hier fette Beute machen."

Da lachte der Kasache (oder wo immer der Bursche auch herkam) und deutete eine leichte Verbeugung an. „Ich gemacht fetteste Beute von ganze Welt. Ich gelernt: Gott liebt mich. Wird Mensch. Für mich. Jetzt ich ihn suche."

Damit drehte er sich um und verschwand.

.

5. Nikolaus des Jahres

Jojo rief an. Irgendwann gegen halb zwölf. Nachts. Ich glaube, er war ein bisschen angetrunken.

Er erzählte mir umständlich, dass er von Meg, seiner neuen Flamme, total enttäuscht sei, weil sie die neue „Klimt"-Ausstellung in Wien nicht mit ihm angucken wolle. Vor allem die Zeichnungen müsse man doch gesehen haben. Jetzt im Jubiläumsjahr. So eine Kulturbanausin. Und auch sonst ...

Ich sagte gähnend: „Jojo. Es ist gleich Mitternacht. Hat dein Anruf einen Grund, oder brauchst du einfach nur jemanden zum Schwätzen? Ich hab morgen nämlich einen anstrengenden Tag vor mir."

Da prustete er so ins Telefon, dass ich Angst hatte, seine Spucke käme aus meinem Hörer. „Du, einen ‚anstrengenden Tag'? Am Samstag. Soll das ein Witz sein? Hallo? Kai, du bist doch Student. Der ewige Student. Und mit deiner erträumten Schriftstellerkarriere ist es auch nicht weit her ..."

„Weißt du's? Kannst du beurteilen, welch Meisterwerk ..."
„Ja!"

Recht hatte er. Leider. Ich hielt mich mit mageren Jobs und VHS-Schreib-Kursen für gelangweilte Senioren knapp über

Wasser, ging ab und zu lustlos in irgendwelche kryptischen Anthropologie-Vorlesungen und wusste zurzeit auch sonst nicht genau, was ich mit meinem Leben anfangen sollte.

Und ich hatte bislang tatsächlich noch keinen Mumm gehabt, irgendjemandem meine literarischen Texte zu zeigen, geschweige denn: anzubieten.

Kurz gesagt: Es lief gerade nicht wirklich prickelnd. Vor allem … was Frauen anging – das absolute Lieblingsthema von Jojo –, … da gab es meinerseits einfach nichts zu erzählen. Weil nichts passierte. Ich war eben zu schüchtern. Oder zu „bekloppt", wie mein nerviger Freund sagen würde.

„Ich bin echt müde. Also, was kann ich für dich tun?"

Jojo nahm hörbar einen Schluck aus einer Flasche. „Ich tu was für dich. Die Stadthalle ist doch bei dir um die Ecke? Oder nicht?"

„Ja, wieso?"

„Ich habe gerade im Internet gesehen, dass die da morgen ein großes Nikolaus-Casting machen. Und du müsstest von der Weihnachtsfete letztes Jahr doch noch dieses verpilzte Kostüm im Keller haben. Mach da mit!"

„Was? Spinnst du? Nikolaus-Casting? Ich mach mich doch nicht zum Affen. Warum, bitte, sollte ich da teilnehmen?"

„Weil der Gewinner tausend Euro bekommt. Das Ganze ist im Rahmen eines großen Familien-Aktion-Tages, ‚Happy Advent'. Und der wird von einem fetten Mineralwasser-Konzern gesponsert. Ist ja auch egal. Meg und ich kommen und feuern dich an."

„Ich glaube eher, dass ihr mich filmt, und ich ab Sonntag die Lachnummer bei YouTube bin."

„Vertraust du mir denn nicht?"

„Ehrlich gesagt: nein!"

Es wurde ruhig im Hörer. Dann flüsterte Jojo, mit rauer Stimme: „Das trifft mich jetzt total. Ich meine: Ich überlege,

wie ich dir helfen kann – und du … du beleidigst mich …
Ich dachte, wir seien Freunde. Das dachte ich wirklich … O
Mann, ich weiß gar nicht … Das tut weh … das tut richtig
weh … Sag mir, dass das nicht wahr ist. Erst will Meg nicht
mit mir zu Klimt, und dann erklärt mir mein bester Freund,
dass er mir nicht … dass er mir nicht vertraut. Was ist denn
das für eine beschissene Welt? Wo einem nicht mal mehr ein
Freund … wo Freundschaft überhaupt nichts mehr zählt …"

Jojos Worte wurden immer leiser. Gingen nahtlos in ein
Schluchzen über. Bis ich irgendwann sagte: „Ist ja gut. Ich
mach's."

Sofort klang seine Stimme wieder hell und fröhlich. „Super.
Das freut mich total. Und geil, dass du immer wieder auf diese
Mitleidsnummer reinfällst.

Allerdings habe ich dich ohnehin schon angemeldet. Mit
dem Foto von der Party. Du weißt schon, das mit dem um-
gekippten Hefeweizen. Du sollst dich um vierzehn Uhr am
Bühneneingang melden – und um fünfzehn Uhr geht es dann
los. Da gibt es irgendeine Sabrina. Das ist deine Ansprechpart-
nerin. Ach … und von den tausend Euro krieg ich was ab. Bin
ja jetzt quasi dein Manager. Bis morgen."

Er legte einfach auf. Klasse.

Da ich tatsächlich nichts zu verlieren hatte, wühlte ich am
Morgen schlecht gelaunt mein garstiges Nikolausgewand aus
einer alten Umzugskiste, lüftete es wegen des muffigen Geruchs
auf dem Balkon drei Stunden lang durch (was nicht wirklich
half) und stand dann um kurz vor zwei am Bühneneingang.

Kai, der Nikolaus.

O weia.

Um mich herum wuselten zwischen Müllcontainern und
verkratzten Transportkisten mehr als vierzig andere Nikoläuse
durcheinander. Grotesk.

Es war ein wahrhaft absurdes Ensemble: Dicke, schmale, pickelige, große, kleinwüchsige, jugendliche und fast zerfallene Männer in meist billigen roten Kutten und mit verfilzten Bärten aus Puderzuckerwatte musterten mich, den Neuankömmling, mit neugierigen Blicken. Beziehungsweise: mit ziemlich böser Miene. So eine spannungsgeladene Atmosphäre hatte ich schon lange nicht mehr erlebt.

Einige liefen nervös hin und her, mit verkniffenen Gesichtern, als ginge es bei diesem bescheuerten Casting um den Nikolaus-Nobelpreis. Viele musterten die Konkurrenz geringschätzig oder ließen sich von ihren Begleitern letzte Tipps geben. Und andere schienen sich noch einmal ganz inniglich in ihre Rolle hineinzumeditieren. Zumindest hatten sie die Augen geschlossen oder schauten betreten auf den Boden.

Ich fühlte mich fehl am Platz. Zudem war mir schweinekalt, weil ich unter dem roten Mantel nicht noch meine Winterjacke hatte anziehen wollen.

Einen kurzen Moment überlegte ich, ob ich nicht einfach wieder verschwinden sollte. Umdrehen und weg. Schwupps. „Nikolaus-Casting": So ein Unsinn. Noch konnte ich unbemerkt abhauen.

Aber dann trat diese Sabrina auf die Rampe. Und die war … nun, um es kurz zu machen …, die war es wert, zu bleiben. Wirklich. Eine äußerst wohlgeformte, dunkelhaarige Lady mit einem kleinen niedlichen Nasen-Piercing.

„Na, vielleicht wird der Tag ja doch nicht so schlecht", durchfuhr es mich.

Sabrina führte uns nach der offiziellen Begrüßung durch einen langen Gang in einen weiten, schweißgetränkten Umkleideraum und erklärte uns dort geduldig die Regeln des Wettbewerbs – und den weiteren Ablauf.

Wir würden alle zuerst von ihrem Assistenten (ich glaube: Berti) eine große grüne Nummer bekommen, die wir uns auf die Brust heften mussten, damit uns der Moderator und das Publikum, das bei diesem Casting die Rolle der Jury innehatte, auf der Bühne auch auseinanderhalten konnten.

Anschließend sollte es vor allem darum gehen, in verschiedenen Spielen unsere einzigartigen Qualitäten als Nikolaus zu beweisen. Dazu gehörten unter anderem so geistreiche Wettbewerbe wie „Ho-Ho-Ho-Rufen", „Niko-Talk mit Kindern" (inklusive der Pflichtfrage „Warst du auch schön artig?"), „Durch einen Pappmaschee-Kamin klettern", „Geschenke-in-einen-großen-Schuh-Werfen" und: „Rentierschlitten steuern".

In jeder Runde würde rund die Hälfte der Teilnehmer ausscheiden, bis nach einem bombastischen Finale gegen siebzehn Uhr der Sieger feststand.

Dem erlauchten Gewinner winkten, wie angekündigt – der Assistent hielt einen großen Scheck in die Luft –, eintausend Euro. Und der ehrenvolle Titel „Nikolaus des Jahres". Den hatte sich die Mineralwasserfirma offiziell schützen lassen.

Sabrina lächelte charmant, als sie die Preise verkündete. Mir wurde warm ums Herz. Und die Nikoläuse um mich herum nickten eifrig.

Doch plötzlich warf einer ein dunkles „Warum?" in den Raum.

Wir alle drehten uns erstaunt um, weil die Frage störend in der Luft hing.

Nur Sabrina blieb cool: „Da will jemand noch etwas wissen?" Erstaunlich.

Dieser Jemand war mir draußen gar nicht aufgefallen. Dabei hätte ich ihn garantiert bemerkt, also: wenn er dagewesen wäre. Er trug nämlich nicht wie die anderen Kandidaten ein rotes Coca-Cola-Kostüm, sondern ein eher gräuliches, Toga-artiges Gewand mit herunterhängenden Ärmeln. Auf seinem Kopf thronte statt der „Nikolausmütze mit Bommel" ein ziemlich gut gemachter Bischofshut, eine Mitra, und ich hätte schwören können, dass sein Bart echt war. Oder zumindest war das Gezottel eine exzellente Imitation. Komischer Kauz. Irgendwie unpassend.

Der Mann, dessen Alter ich nur schwer einschätzen konnte, fragte ruhig: „Warum sollen wir all diese merkwürdigen Spiele machen? Diese Kaspereien? Die haben doch mit dem echten Nikolaus alle überhaupt nichts zu tun. Nikolaus war schließlich ein heiliger Mann, einer, der …"

Sabrina unterbrach ihn. Sanft. Aber nachdrücklich. „Du hast natürlich recht. Wir haben hier bei unserem Casting eher den Nikolaus im Blick, wie er heute in der Werbung dargestellt wird. Denn das ist nun mal die Nikolausfigur, die den Menschen des 21. Jahrhunderts vertraut ist: der rote Geschenke-Bringer auf seinem knalligen Rentierschlitten. Außerdem: Es geht heute bei uns ja vor allem um den Spaß. Das Ganze ist ein Familienfest. Wir machen hier Unterhaltung. Kein theologisches Seminar."

Der Mann war noch nicht zufrieden. „Da in der Halle sind – ich schätze mal – tausend oder zweitausend Leute. Lauter junge Familien. Mit vielen Kindern. Wäre es da nicht fair, gerade ihnen von einer besonderen Persönlichkeit zu erzählen, die anderen so gerne existenziell Hilfe geleistet hat? Von einem Glaubenden, der voller Herzblut für die Bedürftigen da war. Dem die Not der Menschen so sehr zu Herzen ging, dass er sich über die Maßen engagierte. Der Geschenke nicht machte, um den Konsum anzukurbeln, sondern weil er es nicht ertrug, dass andere leiden mussten …"

Sabrina wirkte ganz kurz ein wenig unwirsch. „Du wirst lachen, ich habe das dem Teamleiter unseres Hauptsponsors auch kurz vorgeschlagen. Aber er wollte nicht irgendeinen ‚vergessenen Bischof aus der Türkei', sondern den beliebten und unkomplizierten Kinder-Nikolaus krönen. Insofern liegt das nicht in der Hand unserer Event-Agentur … Wenn jetzt keine weiteren Fragen mehr sind, macht euch bitte bereit. Der erste Wettkampf beginnt in ... genau zwölf Minuten."

Der Typ im antiken Gewand schied schon in der ersten Runde aus. Die Kinder lachten nur, als er ein lustloses „Ho-Ho, Ho-Ho" ins Mikrofon nuschelte. Ich glaube, er bekam fast gar keine Stimme.

Ich dagegen sprang mit einem sonoren, ziemlich rotzigen Nikolaus-Ruf, auf den selbst Bruce Willis stolz gewesen wäre, direkt in die nächste Runde, in der jetzt nur noch vierundzwanzig Kandidaten gegeneinander antreten mussten. Na also, ging doch.

Während der kurzen Pause vor dem zweiten Wettbewerb setzte ich mich neben die weiße Gestalt mit Bischofshut, die ein wenig verloren auf dem Treppenaufgang zur Bühne hockte. Ich stieß ihm freundschaftlich in die Rippen.

„Hey, tut mir leid für dich. Ich finde deinen Ansatz eigentlich ziemlich gut. Der wahre Nikolaus – und so. Übrigens: Ich bin Kai."

„Klaus!"

Er hielt mir die Hand hin. „Macht nichts. Ich hatte gar kein Interesse, das Casting zu gewinnen."

„Ach! Weswegen bist du dann hier?"

Da schaute er mich von der Seite verschmitzt an und sagte: „Du wirst es nicht glauben: Wegen dir."

„Nächster Auftritt, Kai", rief Sabrina von der Seite. Und das Scheinwerferlicht von der Bühne durchleuchtete ihre Bluse so kräftig, dass mir ganz anders wurde.

Deshalb schaute ich Klaus nur verständnislos an und lief dann nach vorne.

Wobei ich sagen muss: Die zweite Runde war auch keine große Herausforderung. Jedenfalls nicht für mich. Ich habe früher viele Jahre Jugendarbeit gemacht und deshalb ein wenig Ahnung, wie man mit Kindern umgeht.

Vor mir stand, beleuchtet vom Verfolger, ein sommersprossiges Mädchen mit hochgezogenen Augenbrauen und schaute mich herausfordernd an. Doch als ich sie frech fragte: „Sag mal, warum soll ich dir eigentlich was aus meinem Geschenke-Sack geben?", taute sie sofort auf und fing an zu grinsen.

Wir führten einen – für das Publikum – sehr heiteren Dialog über die guten Taten, aber auch über die Ecken und Kanten der kessen Kleinen, die übrigens Olivia hieß, sodass ich sogar die Frage „Warst du schön artig?" pädagogisch wertvoll und entspannt unterbringen konnte.

Am Ende stand Olivia mit leuchtenden Augen vor mir und bat mich mit flehendem Gesichtsausdruck, ihr endlich ein Geschenk zu geben. Was ich natürlich gerne und mit theatralischer Geste tat.

Ich wirkte die ganze Zeit väterlich, würdig und sympathisch zugleich. Kein Wunder, dass das Publikum mich mit tosendem Applaus in die nächste Runde wählte.

Jetzt waren wir noch zwölf Kandidaten.

Als ich anschließend kurz mal zur Toilette ging, musste ich unwillkürlich grinsen: Der weiße Klaus stand dort schon am Pissoir. Mit hochgezogener Kutte. Und hochkonzentriert. Als müsse er das Zielen noch üben.

„Wie hast du das gemeint: Du bist wegen mir hier?", fragte ich ihn.

Er zuckte mit den Achseln. „So, wie ich es gesagt habe. Und jetzt pass auf. Du gehst gleich zu Sabrina und erklärst ihr, dass du ein kleines Problem hast. Besser gesagt: ein sehr ernstes Problem. Und zwar … also: Du musst auf dem Parkplatz dringend einen neuen Parkschein ziehen, weil der alte gerade abgelaufen ist. Sie soll dich bitte fünf Minuten vor dem nächsten Auftritt anrufen. Damit du auch auf jeden Fall pünktlich bist."

„Was? Warum sollte ich das tun? Ich bin mit der Bahn hier."

Der weiße Nikolaus sah mich mitleidig an: „Weil du dann ihre Handynummer hast, du Anti-Casanova. Und weil du sie dann morgen anrufen kannst. Mann, so was will ‚Nikolaus des Jahres' werden. Ich fass es nicht. … Ja los, jetzt mach schon."

Ich war völlig durcheinander – doch als zwanzig Minuten später tatsächlich mein Handy klingelte und Sabrinas Nummer auf meinem Display erschien, durchzog mich eine kleine Welle der Glückseligkeit.

Runde drei war eher haarig. Nach meinem Empfinden. Der Pappmaschee-Kamin, durch den wir klettern sollten, erwies sich nämlich als eng und glitschig. Jedenfalls ziemlich ungeeignet, um darin eine gute Figur zu machen.

Und wirklich: Zwei Kandidaten vor mir waren schon mit lautem Gepolter nach unten gekracht. Und einer hatte sich sogar den Fuß verknackst. Na großartig.

Ich, die Sportskanone.

Mit flauem Gefühl stieg ich auf die Leiter. Nach oben. Da, Spot auf mich …

Ich glaube inzwischen, dass mich das Winken gerettet hat. Ja, als ich gerade dabei war, einen Abgang zu machen und mich kaum noch halten konnte, kam ich auf die Idee, dem Publikum noch einmal kräftig zuzuwinken. So, dass nur noch die Hand aus dem Schornstein schaute. Erst ein Winken, dann ein Victory-Zeichen. Es gab einen kräftigen Lacher und spontanen Szenenapplaus.

Dass ich etwas verunglückt auf der Turnmatte ankam, spielte da gar keine große Rolle mehr. Ich war weiter. Sehr ordentlich. Jetzt waren nur noch sechs Kandidaten im Rennen.

Diesmal traf ich Klaus am Kandidaten-Büfett, wo er sich gerade ein großes Mettbrötchen genehmigte. Ich selbst holte mir einen Schoko-Muffin und stellte mich neben ihn.

„Was bist du eigentlich für ein Kerl?! Ich meine: Wieso kümmerst du dich darum, dass ich Sabrina den Hof machen kann?"

Er grinste mit vollem Mund. „Na, du brauchst ja offensichtlich ein bisschen Nachhilfe. Und der Nikolaus war schon vor rund siebzehnhundert Jahren der Meinung, dass ein Mensch, der etwas von Gottes Liebe verstanden hat, gar nicht anders kann, als anderen zu helfen."

„Du bist echt schräg."

Klaus deutete mit dem Brötchen auf mich. „Ich bin noch viel schräger. Pass mal auf. Der Brunnen Verlag sucht adventliche und weihnachtliche Geschichten für einen Sammelband. Mein Tipp: Schick denen doch mal was von dir."

Mir blieb der Bissen im Hals stecken. „Bist du Hellseher, oder so was? … na … also, eigentlich eine gute Idee. Ziemlich gut sogar. Nur: Ich hab … gar keine Texte mit … äh, weihnachtlichen Themen."

Da deutete er eine kleine Verbeugung an. „Dann schreib einen. Weißt du was, erzähl denen doch einfach die Geschichte von unserem gemeinsamen Casting. Ich meine: ‚Nikolaus des Jahres' – das klingt doch nach einer guten verrückten Geschichte."

„Kai! Bist du fertig für ‚Geschenke-in-einen-großen-Schuh-Werfen'?" Sabrina schaute mich fragend an. Und ich hätte sie am liebsten sofort geküsst. So gut gefiel sie mir.

Als ich nach diesem Spiel von der Bühne kam, war Klaus nicht mehr da. Und ich habe ihn auch später nicht mehr gesehen. Wie vom Erdboden verschwunden.

Was soll ich sagen: Ich bin Vierter geworden.

Das war aber gar nicht schlimm.

Denn in der Woche darauf – und fragt mich nicht, wie ich das geschafft habe – fand ich irgendwann so viel Mut in mir, dass ich Sabrina tatsächlich angerufen und mich mit ihr verabredet habe. Für heute Abend. Puh, bin ich aufgeregt. Mann, hoffentlich versaubeutele ich das nicht.

Obwohl: Diesmal könnte ich es schaffen.

Das Komische ist: Ich habe gestern Jojo besucht, weil ich mich bei ihm für die schräge Idee bedanken wollte. Auch wenn er beim Wettbewerb selbst gar nicht aufgetaucht war. Natürlich nicht. Doch er hat mich angeschaut, wie ein Comic-Nilpferd.

„,Nikolaus des Jahres'? Wovon redest du überhaupt? Geht es dir nicht gut?"

„Na hör mal", hab ich gesagt, „du hast doch bei mir angerufen und mir gesagt, ich solle mich gefälligst bei diesem Casting bewerben."

Mein Freund zog eine Grimasse. „Auf keinen Fall. Wann soll denn das gewesen sein?"

„Am Freitag! Mitten in der Nacht. Also: Zumindest kurz vor Mitternacht."

Jojo schüttelte den Kopf. „Garantiert nicht, da hab ich den ganzen Abend mit Meg die Reise nach Wien geplant – zur ‚Klimt-Ausstellung'. Die wollen wir uns unbedingt anschauen. Vor allem die Zeichnungen muss man doch gesehen haben. Jetzt im Jubiläumsjahr.

Du willst mich veräppeln, oder? Andererseits: Es könnte natürlich sein, dass ich da ein Glas Wein zu viel getrunken habe. Trotzdem: Das hätte ich mir gemerkt."

Jetzt weiß ich gar nichts mehr.

Vielleicht kann mir Sabrina sagen, wer dieser weiße Nikolaus war. Dieser Klaus. Der muss ja auf ihrer Liste stehen.

Obwohl …

6. Nikolausig kalt

Ein eisiger Windhauch ließ mich zusammenfahren. Es roch nach Schnee, und meine Tochter schaute mich ziemlich gehetzt an: „Du, Papa, ich muss wieder rein, damit die Kinder nichts merken. Am besten stellst du dich hier hinter die Tanne. Warte mal ... oh, das ist blöd ..."

Sie schob mich energisch nach hinten. „Ja, du musst dich ganz eng an den Zaun drücken, sonst guckt dein knallroter Bauch raus."

Ich seufzte. „Sag mal, Andrea, was denkst du, wie lange ich hier im Garten rumhängen muss? In der Kälte? Ich meine: Es ist minus drei Grad. Und es zieht wie Hechtsuppe. Außerdem kann man ja unter dieses dämliche Nikolauskostüm leider keine Winterjacke anziehen. Soll ich dir was sagen: Meine Zehen sind jetzt schon schockgefrostet."

Meine Tochter schaute auf die Uhr. „Es ist fünf vor sechs. Und es fehlen nur noch zwei Freunde von Tobi. Die müssten aber jeden Moment hier sein. Sobald alle im Wohnzimmer sitzen, gebe ich dir das vereinbarte Zeichen. Und dann kommst du mit einem kräftigen Ho-Ho-Ho durch den Garten zur Terrassentür gestapft."

Ich rollte mit den Augen. „Wie soll ich denn dein Zeichen sehen, wenn ich mich hier so verkrampft hinter diesen Baum quetschen soll? Von hier aus habe ich echt keine Chance, irgendein Winken zu bemerken."

Andrea schüttelte sich: „Du hast recht: Es ist echt ganz schön kalt hier draußen. Pass auf, wenn es so weit ist, gehe ich hoch in den ersten Stock, öffne das Fenster im Bad und ahme den Ruf eines Käuzchens nach. So …"

Sie legte die Hände an den Mund und gab ein Geräusch von sich, das nach einer asthmatischen Seekuh klang, die ziemlich bald verenden würde.

Ich unterdrückte ein Lachen. „Ist gut. Das werde ich vermutlich erkennen. Und jetzt sag mir bitte noch mal: Warum muss ich bei diesem Mistwetter durch euren vermatschten Garten hüpfen? Obwohl ihr eine Eingangstür habt? Wäre die nicht deutlich einladender für den Überbringer der Nikolausgeschenke?"

Meine Tochter legte die Arme um ihren Oberkörper, um sich zu wärmen: „Tobi hat mich halt neulich gefragt, wie der Nikolaus zu uns kommt. Und da habe ich ihm … dummerweise erzählt, dass der Nikolaus mit seinem Schlitten direkt dahinten auf dem Feldweg landet. Ja, das war blöd improvisiert … aber jetzt hat er all seinen Kumpels aus dem Kindergarten erzählt, dass es bei uns ein großes Nikolausfest gibt, bei dem der Nikolaus quasi wie ein Superheld auf geheimnisvolle Weise in unserem Garten auftaucht."

Sie gab mir einen Kuss auf die Wange. „Toll, dass du ihm als sein Opa diesen Wunsch erfüllst und den Nikolaus für ihn spielst. Das wird er bestimmt sein ganzes Leben nicht vergessen. Und dich bringt es nach dem Tod von Mama auch mal auf andere Gedanken."

Nein, diesen Abend werde ich auch nicht vergessen, dachte ich, als meine Tochter davonlief. Und fing direkt an zu zittern. Es war so dermaßen frisch hier im Freien. Außerdem bestand der blickdichte Zaun zum Nachbargrundstück aus Metall, so dass ich mich genauso gut gegen ein Iglu lehnen konnte. Grauenhaft.

Langsam kroch die Kälte unter meine Kleider und fraß sich in meine Haut. Ich versuchte vorsichtig, meine Arme warm zu reiben, aber ich wollte natürlich auch nicht, dass mich die Kinder durch die Terrassentür entdeckten.

Jetzt fing es zudem unter dem Polyester-Kostüm schrecklich an zu jucken. Oder waren das möglicherweise Zecken? Nein, für Zecken war es eigentlich zu kalt. Aber schon weil ich das Wort „Zecken" gedacht hatte, fühlte es sich plötzlich an, als ob überall an mir irgendwelche Insekten entlangkrabbelten. Ah …

Da, war das der Ruf eines Käuzchens? Nein. Leider nur ein fernes Quietschen von Bremsen. Ich versuchte meine Hände zu wärmen, indem ich mehrfach hineinpustete. Dann schaute ich auf die Uhr. Ich stand schon acht Minuten hier. So ein Müll. Bei aller Liebe zu meinem Enkel, aber wenn ich die nächsten vier Wochen wegen einer Blasenentzündung im Bett verbringen musste …

„Papa!"

Ich zuckte zusammen. Weil ich vor lauter Pusten nicht gehört hatte, dass sich meine Tochter genähert hatte.

„Ja, was ist denn?"

„Jonas, der beste Freund von Tobi, steht im Stau. Also: mit seiner Mutter. Die hat gerade angerufen. Es dauert höchstens noch eine Viertelstunde."

„Was? Andrea, echt … ich kann nicht … ich bin jetzt schon ganz … verstehst du? Das geht einfach …"

„Papa, bitte. Du schaffst das. Tobi ist total hibbelig. Wenn du sehen könntest, wie sich die Jungs vor lauter Aufregung die Nasen an der Terrassentür platt drücken, weil sie so gespannt sind. Du machst ihnen eine Riesenfreude. Sei ein braver Nikolaus. Also, bis gleich."

„Andrea ..."

Weg war sie.

Es gibt Leute, die behaupten, die Hölle wäre heiß. Ich halte das inzwischen für eine Lüge. Nichts ist quälender und grausamer, als wenn man fast gefroren in einem Garten steht und nicht weg kann.

Fünfzehn Minuten. Das kann sich anfühlen wie die Ewigkeit. Ach was, noch viel länger.

In diesem Moment wurde mir klar, dass ich meine Zehen nicht mehr spüren konnte. Um wenigstens meine Hände zu retten, fing ich wieder an, sie verzweifelt zu beatmen – und bei jedem Ausatmen kam ein trauriges, trockenes Röcheln aus meiner Kehle.

Einatmen – Pusten – Einatmen – Pusten.

„Ist da jemand?"

Eine leicht gequetschte Stimme drang durch den Zaun.

Ich schwieg, weil ich wusste, dass die Kinder an der Terrassentür den Garten genau beobachteten.

„Da ist doch jemand. Ich habe gehört, wie Sie atmen. Was machen Sie im Garten unserer Nachbarn?"

Ich flüsterte: „Psst! Seien Sie doch leise."

Doch die Frau wurde immer lauter: „Ich denke nicht daran. Ich kann Sie zwar nicht sehen, aber hören. Los gehen Sie zum hinteren Ausgang des Gartens, damit ich weiß, wer Sie sind."

„Nein, das geht nicht."

„Ich zähle jetzt bis zehn. Dann verschwinden Sie da. Verstanden?

„Nein! Ich bin der Nikolaus."

„Was? Na, verarschen kann ich mich selber. Sie werden sich noch wundern."

Ich hörte, wie sich auf dem Nachbargrundstück energische Schritte entfernten. Ganz toll. Vermutlich würde die Frau jetzt ihr Schrotgewehr holen und mich durch den Zaun erledigen. Super-Schlagzeile: „Nikolaus hinter Tanne hingerichtet." Schrecklicher Irrtum. Vielleicht hätte ich ihr einen Schokoriegel zuwerfen sollen.

„Papa!"

Ah. Ich schrak wieder zusammen, als meine Tochter überraschend neben mir stand. „Andrea, hast du deine Nachbarin über unsere Aktion informiert? Sie hat mich entdeckt."

Meine Tochter machte eine wegwerfende Handbewegung. „Ach, die regt sich immer künstlich auf. Ich hab den Kindern gesagt, dass ich gucke, wo du bleibst, aber ein paar Minuten dauert es noch. Jonas ist jetzt da, dafür hat Felix gemerkt, dass er sein Laserschwert vergessen hat und ist noch mal kurz nach Hause. Der wohnt aber um die Ecke."

Ich konnte inzwischen kaum noch sprechen, so bibberten meine Lippen: „Wab ... ein Läberschwert ... ib hole mir hier den Tod ... und du läbst ihn noch mal web ..."

Andrea nickte: „Kinderseelen sind sehr empfindlich. Sieh mal: Wenn Felix sein Laserschwert nicht hat, dann kann er den Besuch vom Nikolaus nicht genießen. Und er tut sich ohnehin mit vielem so schwer. Seine Eltern haben sich vor Kurzem getrennt."

Sie nickte mir aufmunternd zu. „Jetzt stell dich mal nicht so an. Und sei nicht zu streng als Nikolaus."

Kaum war sie wieder weg, stiegen in mir seltsame Bilder auf. Ich sah vor meinem inneren Auge, wie nach und nach meine Gliedmaßen einfach abbrachen, weil sie gefroren waren. Erst ein Arm, dann der andere. Stück für Stück.

Ich bemühte mich, als Rettungsmaßnahme intensiv auf der Stelle zu treten, aber meine Füße gehorchten mir nicht mehr richtig. Vermutlich würde das mein Ende werden. Sie würden mich finden ... tiefgekühlt ... in einem billigen Nikolaus-Kostüm aus Plastik und mit dreckigen Stiefeln.

Die Minuten verstrichen. Und als meine Zähne immer heftiger aufeinanderschlugen, raunte etwas in mir: „Lass dich jetzt einfach auf den Boden sinken. Klammere dich nicht mehr ans Leben. Es ist vorbei." Daraufhin breitete sich ein tiefer Frieden in mir aus.

In dem Moment, in dem ich endgültig aufgeben wollte, hörte ich die Seekuh. Also den Ruf des Käuzchens.

Fast reflexartig taumelte ich hinter dem Baum hervor und schwankte Richtung Terrasse.

Da ertönte ein schneidender Ruf: „Stehen bleiben! Polizei!"

Durch das Gartentor kamen zwei Beamte, eine Frau und ein Mann, mit gezückten Dienstwaffen im Anschlag auf mich zu. „Ganz ruhig!"

Parallel dazu sprang die Terrassentür auf und eine Horde kleiner Kinder rannte auf den Rasen – Tobi vorneweg, der lauthals rief: „Nikolaus! Nikolaus! Endlich, da bist du ja! Aber warum hast du die Polizei mitgebracht?"

Ich wollte antworten, doch vor lauter Kälte versagte mir die Stimme.

Einen Augenblick schien auch die Zeit wie gefroren.

Dann trat die Polizistin einen Schritt nach vorne, schaute mich fragend an – und sagte zu den Kindern: „Eure Nachbarin hat sich Sorgen gemacht … äh … dass der … genau … dass der Nikolaus nicht rechtzeitig zu euch kommt … ihr wisst schon … äh … wegen der vielen Staus … und da haben wir ihn … äh … mit einer Polizei-Eskorte hierher begleitet."

Alle zogen wir Richtung Haus – und die Bespaßung der Kinder konnte beginnen.

Eine Stunde später lag ich mit zwei Wärmflaschen auf der Couch meiner Tochter. Immer noch bibbernd, aber ohne mein Kostüm, das ich nach meinem Auftritt direkt in die Mülltonne entsorgt hatte. Dafür ziemlich glücklich.

Die Kinder hatten mit großen Augen zugehört, als ich ihnen erzählt hatte, dass der Nikolaus den Menschen schon immer gerne geholfen hat. Dass es ihm wichtig ist, dass alle glücklich werden können ... und dass sie erfahren, dass Gott sie liebt. Weil diese Liebe noch viel bedeutender ist als alle Schokolade der Welt.

Und jetzt schaute ich zum zehnten Mal auf die Visitenkarte, die mir die Polizistin in die Hand gedrückt hatte, als sie später nach meinem Namen gefragt hatte: „Rüdiger? ... bist du der Rüdiger, der damals mit mir in der Tanzschule war? Ich bin die Sabine. Erinnerst du dich nicht?"

Und wie ich mich erinnerte. Natürlich. Sabine. Sie grinste: „Damals hast du dich ja nicht getraut, mich mal auszuführen. Na, vielleicht wagst du es ja jetzt."

Doch während ich noch überlegte, ob ich es wirklich wagen sollte, sprang Tobi auf meinen Schoß. „Sag mal, Opa, vorhin war ja der Nikolaus da. Echt cool. Nur eins verstehe ich nicht: Der hat doch einen fliegenden Schlitten. Wieso braucht der im Stau eine Polizei-Eskorte?"

7. Lichtgestalten

„,Schön, oder?' Der fragt mich ernsthaft: ,Schön, oder?' Ich könnte … ja, kotzen könnte ich. Was bildet der sich eigentlich ein? Ich meine: Da stellt sich dieser Lackaffe, dieses Ekelpaket, hin und fragt mich scheinheilig … mit säuselnder Stimme: ,Schön, oder?'

Am liebsten hätte ich ihm ins Gesicht geschrien: Nein, das ist hässlich wie die Nacht. Genauso hässlich wie du …"

„Bernhard, wovon redest du überhaupt?"

Lina schaute ihren Mann, der gerade erbost seine Jacke auf die Küchenbank geworfen hatte, mit großen Augen an. Natürlich wusste sie genau, worum es ging, aber sie war es leid, seine ewigen Wutausbrüche kommentarlos zu erdulden.

„Wovon ich rede? Na, von Mister Kleinhirn. Vom Forster."

Bernhard ballte die Fäuste. „Der glaubt ernsthaft, mit seinen popligen Lichterketten und seinem beleuchteten Gummi-Elch hätte er das tollste Haus der Straße. Und dann stellt er sich ans Gartentor – hat natürlich auf mich gewartet, klar: Lieber friert der sich die Füße ab, als diesen Moment zu verpassen –, also, da steht er, so eine neumodische, digitale Fernbedienung für Lampen in der Hand, grinst hämisch und schaltet triumphierend vor meinen Augen seinen ganzen kitschigen Scheiß an …"

„Bernhard, bitte! Solche Ausdrücke will ich nicht hören. Schon gar nicht in der Adventszeit. Freu dich doch, dass Markus Forster sich solche Mühe gibt und sein Haus und seinen Garten festlich schmückt."

„Was?"

Offensichtlich wollte Bernhard sich nicht freuen. „Ich hab mich wohl verhört. Dieses billige, geschmacklose Zeug nennst du ‚festlich'? Das kann ja wohl nicht wahr sein. Ich meine: Gibt es etwas Widerwärtigeres als einen aufgeblasenen Weihnachtsmann, der an der Regenrinne hochklettert und aussieht wie eine Mischung aus Zombie, Batman und vergammelter Mettwurst?

Ich sag dir was: Diese drittklassige Baumarkt-Blinkerei in den Fenstern ist eine Schande für unser ganzes Viertel. Aber wart nur ab: Dem werde ich's zeigen …"

„Bernhard!"

Lina versuchte, allen Schmelz in ihre Worte zu legen, zu dem sie fähig war. „Mein liebster Bernhard. Bitte sag mir, dass du nicht wieder so ein Beleuchtungs-Wettrüsten anfängst – wie letztes Jahr. Lass uns diesmal einfach die Adventszeit genießen. Ja? Mir zuliebe. Ganz romantisch. Ganz stressfrei. Und weißt du was: Mir reicht dazu ein kleines Licht im Fenster. Ein winzig kleines Licht. Schau!"

Sie ging zum Herd, holte die Streichhölzer und zündete fast zärtlich die silberne Kerze auf dem gusseisernen Leuchter an, den sie im Herbst auf einem Künstlermarkt im Harz gekauft hatte.

Bernhard starrte seine Frau an, als hätte die gerade vorgeschlagen, ihn bei eBay zu versteigern. „Steckst du jetzt mit dem Forster unter einer Decke? Hä? Ja, weißt du eigentlich, was der überall in der Nachbarschaft herumerzählt? Weißt du das? Dass wir, du und ich, zu stillos seien, um unser Haus anständig zu gestalten. Als hätte der eine Ahnung von Kunst. Der Herr Oberstudienrat. Begreif doch: Hier geht es nicht nur um ein paar Lampen. Hier geht es um unsere Ehre. Um die Familienehre. Auch um deine."

Linas Ton wurde etwas schärfer: „Meiner Ehre geht es gut. Sehr gut sogar. Und ich hätte gerne eine entspannte Adventszeit."

„Bekommst du. Sobald ich dem Forster gezeigt habe, wer die wahre Lichtgestalt ist."

Erregt stürmte Bernhard aus dem Zimmer. Wobei er die Kerze im Fenster ausblies.

Die nächsten drei Tage sprachen Lina und Bernhard kaum miteinander. Lina schwieg, weil sie sich über ihren Mann ärgerte. Bernhard schwieg, weil er ohnehin jede freie Minute in kultigen Elektronik-Läden verbrachte oder am Haus herumwerkelte, um seine neuesten Errungenschaften mit verbissenem Gesichtsausdruck zu installieren.

Erschrocken und äußerst verwundert beobachtete Lina, welch unfassbare Vielfalt an Außen-Beleuchtungen inzwischen auf dem Markt waren: Lichterketten, Lichternetze, Lichtervorhänge, Lichtergirlanden, Lichterschläuche und Lichterbäume. Die Birnchen in Form von Eiszapfen, Schneeflocken oder Kristallen. Die Schläuche gebogen zu unterschiedlichen Figuren und Gestalten. Und natürlich modernste LED-Technik mit vielfältigen Farbwechselprogrammen.

Trotzdem machte jede neue Kiste, die angeliefert wurde, sie noch wütender. Auf den unsäglichen Starrsinn ihres Gatten.

Nach drei Tagen rief Bernhard seine Frau zu sich. Aus der halb geöffneten Eingangstür, durch die die abendliche Kühle hereinflutete.

„Schatz, komm, das musst du dir anschauen. Los! Ich bin fertig. Ein Meisterwerk."

Lina zog sich langsam den Mantel über und stapfte missmutig in den Garten vor das noch nicht illuminierte Haus.

Ihr Mann stand mit einer gestylten Fernbedienung auf dem Bürgersteig. Aufgeregt. Im blassen Licht der Straßenlaterne.

„Der Forster wird sich grün und blau ärgern. Was für ein Fest."

Lina seufzte. „So ein Quatsch. Es ist doch kein Fest, wenn sich jemand anderes ärgert. Außerdem: Weihnachten wird nicht am Haus entschieden, sondern an der Krippe."

Bernhard wiegte seinen Kopf. Dann sagte er brummig. „Richtig. Aber jetzt schau doch erst mal. Ich habe ja auch auf dem Dach bewusst eine beleuchtete Krippe installiert. Sehr stilvoll. Wirklich. Und ganz dezent.

Ein Kollege, der Dieter, hat mir einen Lichtdesigner empfohlen. Den Jochen. Witziger Typ. Und der hat mir Tipps gegeben. Indirektes Licht und so. Du wirst begeistert sein. Dazu ein farbiger Schriftzug am Balkon, der wie ein Gruß in den ganzen Ort hineinstrahlt. War alles nicht ganz billig. Aber hat sich echt gelohnt. Mehr als 8000 Lämpchen. Irre! Ich denke, jetzt wird jeder im Ort sehen, wer hier wirklich Stil hat."

Er hielt Lina die Fernbedienung hin. „Willst du anschalten oder soll ich?"

Angewidert drehte seine Frau den Kopf weg.

Daraufhin streckte Bernhard selbst theatralisch den Arm Richtung Haus. „Tatatata …"

In diesem Moment …

… ging das Licht aus.

Und zwar überall im Haus. Selbst die Klingelbeleuchtung erlosch. Bleischwer lag die Silhouette in der Nacht.

„Mist, die Sicherung …"

Da fing Lina an zu lachen. Laut. Lauter. Und immer lauter.

Dann zeigte sie auf die Kerze im Fenster. Den einzig warmen Punkt in der Dunkelheit.

Sie schmiegte sich an Bernhard und flüsterte: „Schön, oder?"

8. Selbstgemacht

„Wer war denn dran?" Frage ich meine Frau, weil sie beim Auflegen des Telefonhörers irgendwie so schelmisch grinst.

„Meine Mutter!", entgegnet sie fröhlich. „Pass auf: Der Familienrat hat getagt und einstimmig entschieden, dass wir uns dieses Jahr zu Weihnachten nur eine Kleinigkeit schenken. Und zwar alle. Wir setzen bewusst ein klares Zeichen gegen den Konsumterror. ‚Schluss mit dem verheerenden Tsunami der Geschenke.' Bescheidenheit ist angesagt."

„Na toll", sage ich, um dann nach einer kurzen Pause energisch hinterherzuschieben: „Ich mach da aber nicht mit."

„Was?"

„Ja", echauffiere ich mich hörbar, „ich liebe große Geschenke. Ich liebe es, sie zu bekommen – und ich liebe es, sie zu machen. Da könnt ihr mir doch nicht einfach basis-diktatorisch das Fest versauen.

Schon Jesus bekam in der Krippe einen Sack voller Geschenke. Sogar von Weisen serviert. Und Weise werden ja wohl wissen, wie man Weihnachten richtig feiert. Diese uralte christliche Tradition ist mir jedenfalls heilig."

Meine Frau rollt mit den Augen. „Und wie stellst du dir das vor?"

Ich bemerke schnippisch: „Ganz einfach: Ich besorge für alle Mitglieder der Großfamilie wundervolle Geschenke – und wer dann für mich nur so eine peinliche Winzigkeit hat, sitzt halt mit tierisch schlechtem Gewissen da. Das nennt man postfaktischen Widerstand. Ich werde alle so lange mit weihnachtlichen Gaben überschütten, bis sie zur Einsicht kommen."

Genervt greift meine Frau erneut zum Hörer, um gefühlte fünf Stunden später zu verkünden: „Es hat mich zwar zwei Drittel meiner Nerven gekostet, aber das Geschenk-Embargo wurde aufgehoben."

Ich atme tief aus.

„Allerdings gibt es eine kleine Bedingung, quasi einen mühsam erarbeiteten Kompromiss."

Ach ja?

„Dieses Jahr darf nur Selbstgemachtes verschenkt werden."

Ich muss schlucken: „Nee! Wie? Wieso denn das?"

Meine Frau verschränkt die Arme hinter dem Kopf: „Ganz einfach: Weil das gerade total in ist. Außerdem sind solche Geschenke viel persönlicher als Bücher, Schlipse, Wein oder Socken. Ja, in dem Selbstgemachten kann man etwas von der Beziehung zum anderen zum Ausdruck bringen. Außerdem sind das dann keine ‚entfremdeten Geschenke' mehr, sondern … na, da steckt halt wahre Liebe drin."

„Ach", sage ich, „so wie in dem selbst geimkerten Honig unserer Nachbarn, der nach Tapetenkleister schmeckt, oder wie in der selbst getöpferten Vase deiner Freundin Thea, die immer umkippt, wenn man eine Blume reinstellt, oder wie in dem Fotobuch von Weißens, in dem sie achtzigmal mit ihrem sabbernden Labrador zu sehen sind?"

„Im Prinzip ja", knurrt mein Frau. „Tatsache wird sein: Du kannst auf die fair gebastelten Gaben meiner Familie auf keinen Fall mit Fertigprodukten reagieren. Das wäre peinlich.

Also, lass dir was einfallen. Mach Geschenke, die etwas von deiner Persönlichkeit und deiner Zuneigung ausdrücken."

Kurz spiele ich mit dem Gedanken, meine Schwiegermutter anzurufen, um ihr zu sagen, dass ich die Idee mit dem Geschenke-Verzicht doch ganz großartig finde. Dass das nur ein blödes Missverständnis war. Aber dann muss ich wieder an Joachim Ringelnatz denken: „Schenke mit Geist ohne List. Sei eingedenk, dass dein Geschenk du selber bist."

Und jetzt überlege ich fieberhaft, was ich denn mal herstellen könnte. Irgendwas. Nur was? Ich hab ja keine Bienen. Und ich kann auch nicht filzen. Aber ich … Moment mal … ich schreibe doch so gerne. Ich könnte Gedichte schreiben. Zum Beispiel „Hoffnungsgedichte". Warum nicht? Man kann doch auch Hoffnung schenken. Was für eine schöne Idee!

O Mann. Siebzehn Gedichte. Dafür brauch ich echt Nervennahrung. Und wieder nichts Süßes im Haus. Vielleicht der Honig vom Nachbarn. So schlecht schmeckt der übrigens gar nicht …

9. Grippenspiel

Ich liebe es, Pfarrer zu sein. Das ist so schön menschlich. So herrlich real. Und gleichzeitig so wunderbar irrational: Jeden Tag darf man in die schwindelerregenden Abgründe postmoderner Seelen schauen – und hingebungsvoll auf die heilende Kraft Gottes vertrauen.

Zum Beispiel letzten Sonntag. Nach dem Gottesdienst. „Kann ich mit Ihnen noch kurz reden, Herr Pfarrer?"

Ein etwa fünfundvierzigjähriger, sportlich gekleideter Bankertyp. Sichtlich erfolgsverwöhnt.

Mit schwungvollem Theologenlächeln sage ich: „Aber gerne! Worum geht es?"

„Nun, ich bin ja ein sehr engagiertes Gemeindeglied ..." (Ich denke: „Ach, ich habe dich aber noch nie irgendwo gesehen!") „... und Geronimo ist gerade in einer schwierigen Phase." (Spontan vermute ich, dass er nicht den legendären Apachen-Häuptling, sondern seinen Sohn meint.)

„Ah ja, und ... wie kann ich da helfen?"

„Also: Geronimo identifiziert sich momentan sehr mit Spiderman – und ich habe ihm versprochen, dass er dieses Jahr als Spiderman im Krippenspiel mitmachen darf."

„Was!?"

„Ja, Geronimo ist wirklich hochsensibel – und wenn ihm dieser … fast möchte ich sagen: Lebenstraum, nicht erfüllt wird, könnte das schwere psychische Schäden hinterlassen."

Vorsichtig werfe ich ein: „Mir war bislang gar nicht bewusst, dass Spiderman in der Weihnachtsgeschichte vorkommt."

Er grinst. Ein wenig herablassend. „Na, es ist doch sicher kein Problem, Spiderman mit einzubauen. Vielleicht als einen der Weisen aus dem Morgenland. Die könnten doch zu dritt, also: Spiderman, Batman und Superman, dem Kind in der Krippe huldigen. Das hätte was von modernem Regietheater …"

Leicht gereizt, aber professionell höflich unterbreche ich ihn: „Das Stück steht schon. Und: Spiderman spielt leider nicht mit. Das würde auch die Gemeinde stark irritieren."

Er klopft mir jovial auf die Schulter. „Sie kriegen das schon hin. Sehen Sie, ich zahle dermaßen viel Kirchensteuer. Und Sie wollen doch nicht, dass ich austrete. Außerdem ist Ihnen das Wohlergehen eines Kindes sicher wichtiger als die Meinung irgendwelcher nostalgisch-reaktionärer Kleingeister, für die Gott im Mittelalter angekettet bleiben soll."

Ich wage eine letzte Erwiderung: „Kann Geronimo denn schauspielern?"

Da wächst die imposante Gestalt noch einmal. Über sich hinaus. „Selbstverständlich, er ist ja hochbegabt. Und nur deshalb fällt es ihm bisweilen schwer, sich auf eine einzelne Aufgabe zu konzentrieren."

Plötzlich erinnere ich mich, dass mir die sympathische Leiterin des Kindergottesdienstes kürzlich von einem etwas überdrehten (sie benutzte die pragmatischere Formulierung „hochgradig gestört") Kind erzählt hat, das jeden Sonntag im Spiderman-Kostüm erscheint und die Gruppe tyrannisiert.

„Sie machen das schon", nickt mir der Superhelden-Vater

zu, schiebt mir eine auf Büttenpapier gedruckte Visitenkarte in die Hand und geht.

Abends bringe ich das Thema – natürlich anonymisiert, absolut anonymisiert – in meine Männergruppe ein. Aus reiner Hilflosigkeit. Was soll ich denn bloß machen?

„Den kenne ich", ruft Jochen sofort. „Das ist der Vater von Geronimo. Der hat gerade die Schule verklagt, weil die Lehrkräfte seinen Sprössling nicht davon abgehalten haben, einem Klassenkameraden zwei Schneidezähne auszuschlagen."

Na klasse! Das macht mir Mut.

Ralf hebt fröhlich sein Bierglas. „Dann will ich aber dieses Jahr auch mitspielen. Als Weizen aus dem Morgenland."

Alle grölen. Nur ich nicht.

„Lass den Kerl ruhig aus der Kirche austreten", wettert Dieter. „Das ist kein Verlust. Außerdem wäre dieser Geronimo ohnehin nicht in der Lage, sich seine Rolle zu merken."

Und da reift in mir ein kluger Plan. Am nächsten Tag schicke ich per Mail einen ellenlangen, mit Fremdworten gespickten Text für den „Heiligen Spiderman aus dem Morgenland" an den Vater. Wenig später kommt die Antwort: „Danke. Geronimo kann leider doch nicht. Er hat Grippe."

War das nun christlich? Tja, darauf hätte ich tatsächlich gerne eine Antwort.

10. Der Pirat an der Krippe

Ich fragte meinen Sohn Moritz beim Schaukeln im Garten: „Hast du Lust, dieses Jahr beim Krippenspiel mitzumachen?"

„Na klar", sagte er und wollte ins Haus rennen. „Ich hole nur schnell mein Piratenkostüm."

„Langsam, langsam", rief ich ihm hinterher, „erstens beginnen die Proben erst am Samstag – und zweitens kommt in der Weihnachtsgeschichte gar kein Pirat vor."

Mein Sohn drehte sich um, legte den Kopf schräg und schaute mich fragend an. „Woher weißt du das?"

Ich beugte mich vor: „Nun, die Rollen sind ja genau bekannt. In der Weihnachtsgeschichte kommen folgende Personen vor: Maria, Josef, Engel, Hirten, ein Wirt und die Weisen aus dem Morgenland. Und keiner von denen ist Pirat."

Moritz erwiderte cool: „Josef war Pirat. Das weiß ich."

„Nein", sagte ich, „Josef war Zimmermann."

Da flitzte er wie der Wirbelwind davon und kam wenig später mit seinem Kostüm und einem großen, schwarzen Buch in der Hand zurück. „Hier steht es drin." Er zeigte auf eine wüste Totenkopfflagge: „Es gab auf jedem Piratenschiff einen Zimmermann, einen Schiffszimmermann. Siehst du, ich hatte recht."

Ich hob die Hände. „Nein, du hast nicht recht. Denn damals existierten solche Seeräuberschiffe wie in diesem Buch noch gar nicht."

Da stemmte er wütend beide Arme in die Seiten. „Natürlich gab es die. Pass auf: Beim barmherzigen Samariter wird doch zum Beispiel von wilden Räubern erzählt, die einen Mann überfallen und ausrauben. Also gab es Räuber. Und in Israel liegt mitten drin ein See. Also gab es auch Seeräuber. Und die Jungens, die Jona über Bord schmeißen, waren auch mit einem großen Schiff unterwegs … und überhaupt."

Ich legte das Buch zur Seite und versuchte die richtigen Worte zu finden. „Also. Vielleicht existierten damals tatsächlich schon Seeräuber. Aber Josef wohnte in Nazareth. Und Nazareth liegt weder am Meer, noch an einem See, sondern in den Bergen. Also, war Josef kein Schiffszimmermann, sondern ganz eindeutig ein … äh, ein Landzimmermann."

Mein Sohn hob genervt die Augenbrauen: „Du hast einfach keine Ahnung, Papa. Echte Piraten haben doch immer geheime Piratennester, in die sie sich zurückziehen können. Und wo lassen sich Schätze besser in Sicherheit bringen als in einem kleinen Bergdorf … Hast du dich nie gewundert, dass Nazareth fünfundzwanzig Kilometer vom Meer entfernt liegt? Das war ein ideales Versteck, das man in einer Tagesreise erreichen konnte."

Ich war etwas verblüfft darüber, was die Kinder heute alles im Kindergottesdienst lernen, wollte aber noch nicht aufgeben.

„Gut. Angenommen, Josef lebte tatsächlich in dem Piratennest Nazareth als Schiffszimmermann. Warum erwähnt die Bibel das nicht?"

Moritz zog seinen Säbel und hieb damit einmal durch die Luft. „Papa, das konnte er doch niemandem verraten. Er wäre ja sofort verhaftet worden. Kein echter Pirat erzählt rum, dass er ein Pirat ist. Trotzdem war er einer. Das erklärt übrigens auch, warum er in Nazareth lebte, obwohl er in Bethlehem geboren ist. Dort kannte keiner seinen wahren Beruf, und wenn er auf Kaperfahrt war, dann dachten alle, er sei nur mal kurz nach Hause gezogen."

Mein Sohn redete immer eifriger. „Gerade wird mir was klar. Jetzt verstehe ich auch, warum wir über die ersten dreißig Lebensjahre von Jesus fast nichts wissen. Die Leute sollten nicht merken, dass Jesus in einer Piratenfamilie aufgewachsen ist. Wahrscheinlich war er sogar selbst für einige Jahre ein Pirat ..."

„Jetzt reicht's", unterbrach ich ihn. „Jesus war doch kein Pirat. Piraten sind Räuber und Diebe und oftmals auch Mörder. Das trifft ja wohl kaum auf Jesus zu."

Moritz griff meinen Arm. „Aber Paaapaa! Es gibt doch auch liebe Piraten. Solche, die wie Robin Hood den Reichen etwas wegnehmen, um es den Armen zu geben. Bestimmt war Jesus so ein Pirat."

Ich schüttelte den Kopf. „Das glaube ich einfach nicht. Jesus war kein lieber Pirat. Er war einfach Zimmermann."

Moritz sah auf einmal ein wenig altklug aus. „Du musst Jesus doch nicht verteidigen. Nur weil er Pirat war. Er hat das ja alles wiedergutgemacht, später. Und außerdem sind Piraten gar nicht schlimmer als Zimmerleute."

Jetzt blitzte es in seinen Augen: „Beim Wald-Tag haben wir neulich vom Förster gelernt, dass die Leute früher beim Abholzen der Wälder überhaupt nicht auf Nachhaltigkeit geachtet haben. Da wurden die Bäume einfach gefällt und das Land nicht wieder aufgeforstet. Tatsache ist also: Auch wenn Jesus nur Landzimmermann gewesen wäre, hätte er zur Zerstörung der Umwelt beigetragen. Er wäre allein durch die Verwendung von Holz schuldig geworden. Aber auch das hätte nicht wirklich gestört: Er war ja Gottes Sohn und wollte ganz Mensch werden."

Ich gab auf, erhob mich und ging ins Haus. Dabei murmelte ich: „Das ist mir theologisch zu hoch. Von mir aus spiel den Josef im Piratenkostüm. Ich schicke dann anschließend den Kirchenvorstand zu dir, damit du ihm das noch einmal in aller Ruhe historisch erklären kannst."

„Das mache ich gerne", grinste Moritz und lief davon.

Einen Tag später sagte ich zu meiner Tochter Charlotte, die gerade von einer Freundin nach Hause kam: „Hast du auch Lust, dieses Jahr beim Krippenspiel mitzumachen?"

„Na klar", sagte sie und wollte in ihr Zimmer rennen. „Ich hole nur schnell mein Prinzessinnenkostüm."

„Halt", schrie ich etwas zu laut. „Du brauchst mir nichts zu erklären. Ich weiß schon alles: Maria war eigentlich eine wunderschöne Prinzessin, die heimlich in Nazareth wohnte. Vorher ist sie aus einem großen Schloss geflohen, hat dann Josef geheiratet und sich bei ihm versteckt. Deshalb musste die junge Familie auch vor der Rache der Schwiegermutter nach Ägypten fliehen. Habe ich recht?"

Sie sah mich an, als hätte ich nicht alle. „Nein. Natürlich nicht. Was erzählst du denn da für einen Quatsch? Ich wollte an das Prinzessinnenkleid Flügel nähen, dann sieht es wie ein Engelskostüm aus. Maria war doch keine Prinzessin."

Ich atmete auf. „Gott sei Dank. Ich war etwas durcheinander."

„Ist schon gut", lachte Charlotte. „Du wirst ja auch nicht jünger. Also, für dich noch mal ganz langsam: Maria war ein junges Mädchen, das das Glück hatte, einen sehr netten Piratenzimmermann kennenzulernen ..."

11. Weihnachtsbriefe

Auf dem Weg zum Männerkreis begegne ich nacheinander drei Gemeindegliedern, die alle das Bedürfnis haben, mir „nur ganz kurz" zwei Drittel ihres Lebens zu erzählen: „Ach, Herr Pfarrer, wie gut, dass ich Sie treffe."

Und dann geht es los: von den legendären Mirabellenernten in den Sechzigern über uneheliche Schwangerschaften in den Siebzigern bis hin zur detailverliebten Beschreibung der Gallenstein-Operation letzte Woche („Schauen Sie, Herr Pfarrer, hier ist die Narbe. Sieht lustig aus, oder?")

Lange Rede, kurzer Sinn: Ich komme zu spät. Doch als ich den verrückten Kerlen in der Sitz-Gruppe erzähle, was mich aufgehalten hatte, lachen sie nur. Und Joachim ruft: „Ach, an dem Thema sind wir auch gerade dran."

„Wieso?"

„Na ja", sagt Bernd, „es ist doch wieder Zeit für die Familien-Weihnachtsbriefe. Du weißt schon: diese total lustigen Rundschreiben, in denen man all seinen Bekannten ungefragt, aber dafür total ausführlich berichtet, was jedes Mitglied der eigenen Familie im vergangenen Jahr Tolles erlebt hat."

„So was macht ihr?"

Joachim druckst herum: „Naja, meine Frau will das. Unbedingt!"

Die anderen Männer nicken. Schicksalsergeben. Offensichtlich von ihren Gattinnen ebenfalls zum Schreiben verdonnert. „Jetzt hocken wir hier und überlegen gemeinsam, was wir über unsere Brut berichten können."

Bernd nimmt einen tiefen Schluck aus seinem Rotweinglas. „Mal ehrlich, Birgit möchte doch nur, dass wir so einen Weihnachtsbrief verschicken, weil alle ihre Freundinnen das auch machen. Dabei will ich deren blödes Zeug überhaupt nicht lesen!"

Mit verstellter Stimme zitiert er höhnisch: „Joschi hat in diesem Jahr mit seinem Krummhorn drei mal Jugend musiziert gewonnen, Jeanette konnte gleich zwei Klassen überspringen, Werner ist zum Oberaufsichtsratsvorsitzenden ernannt worden, im Sommer waren wir Gleitschirmfliegen auf den Malediven, und die Nagel-Boutique von Verena läuft dermaßen gut, dass sie sich einen Chagall kaufen musste.' Ich könnte kotzen."

„Genau!", ruft Joachim, und sein Schnauben lässt vermuten, dass er gleich explodiert. „Wenn du in so einen Brief ehrlich reinschreibst, dass ihr nur an der Ostsee wart und deine Tochter bei den Bundesjugendspielen den 37. Platz gemacht hat, dann kommst du dir vor wie der letzte Dödel. Fehlt nur noch, dass in so einem Brief steht: ‚Wir haben viermal die Woche tollen Sex!' Aber das kommt sicher demnächst."

Einen kurzen Moment schweigen alle. Betroffen. (Oder neidisch.)

Ich möchte gerne etwas pädagogisch Wertvolles beitragen und sage: „Na ja, wenn es jemand nötig hat, sich so zu produzieren … Bitte schön. Aber ich möchte von echten Freunden nicht nur Höhen, sondern auch die Tiefen erfahren."

Plötzlich muss Bernd losprusten: „Vielleicht sollte ich in unserem Brief erzählen, wie Birgit an der Mecklenburger Seenplatte eine schreckliche Magen-Darm-Grippe bekam und vier Tage lang gekotzt hat. Einmal sogar ins Auto. Ich glaube, ich habe ein Bild davon auf dem Handy. Wollt ihr mal sehen?"

Erstaunlicherweise winken alle ab.

Dann sammeln wir Vorschläge, von welchen Erfahrungen man seinen guten Freunden erzählen könnte. Die reine Wahrheit! Gar nicht so leicht.

Soll man zugeben, dass man sich auf einen neuen Job beworben hatte – und ihn nicht bekommen hat? Dass der Sohn neuerdings kifft? Dass das Konto hässlich überzogen ist? Oder dass man mit der Liebsten in einer Paartherapie war?

Warum eigentlich nicht?

Joachim schreibt eifrig mit. Schließlich ruft er aufgeregt: „Danke, Jungs, ich liebe euch! Wenn ich meiner Frau diesen Entwurf zeige, brauche ich nie wieder einen Rundbrief zu verfassen …"

Schlagartig stockt er: „Obwohl, vielleicht steht sie ja auf die neue Ehrlichkeit. Und was mach ich dann?"

12. Stalltermin

Der Ledermantel bauschte sich im Rücken des Security-Mannes. Ab und an zog er die Schultern unwillig nach hinten, um seinen Nacken zu entspannen. Dann stand er wieder ruhig und konzentriert da – mitten auf dem schmalen Feldweg.

Natürlich bemerkte er den schwarzgelockten Besucher, der atemlos die Ackerfurchen entlanggerannt kam, als liefe er um sein Leben. Ein unrasierter, etwas zu lässig gekleideter Großstädter, der sich anscheinend für äußerst bedeutend hielt, denn er winkte schon von Weitem mit einer viel zu großen Geste.

Hechelnd blieb der Neuankömmling vor dem Wachposten stehen und stützte seine Arme in die Seiten. Er schluckte einmal, dann keuchte er: „Komme ich zu spät?"

Der Security-Mann schaute ihn mit schmalen Augen an. „Wozu?"

Ein wenig unwirsch entgegnete sein Gegenüber: „Na, zur Pressekonferenz. Schauen Sie, ich bin zwischen Jericho und Jerusalem leider aufgehalten worden. Da lag einer krank am Boden rum. Dem musste ich helfen. Ging nicht anders. Also, was ist?"

Der Wachposten zuckte mit den Achseln. „Ich fürchte, die

Pressekonferenz ist vor wenigen Minuten zu Ende gegangen. Das heißt auch: Es sind alle Medienvertreter nach Hause geschickt worden. Und jegliche Live-Berichterstattung ist, wie Sie sich denken können, ausdrücklich untersagt."

Der junge Mann atmete noch einmal tief aus. Er schloss kurz die Augen. Dann fragte er betont sachlich: „Ist denn der Pressesprecher noch zu erreichen?"

Der Security-Mann entgegnete ebenso förmlich: „Herr Gabriel? Wohl nicht. Haben Sie einen Termin?"

Ein aufgesetztes Grinsen schlich sich auf das Gesicht des Besuchers: „Äh nein. Aber ich habe eine Akkreditierung. Schauen Sie, ich bin Journalist von der ‚Jerusalem Post' – und wir wollen aus der Geschichte eine absolute Top-Story machen. Ganz groß. Aufmacher. Titelseite. Können Sie denn schon sagen, wann es losgeht?"

Er beugte sich vor, um den Namen auf dem kleinen Schild am Mantel seines Gegenübers besser lesen zu können. „Herr Uriel."

Ein wenig genervt schüttelte der Security-Mann den Kopf. „Nun, das weiß man bei Geburten ja nie so genau."

Der Journalist hob erleichtert den Kopf. „Na, Gott sei Dank. Ich war besorgt, dass Kind sei vielleicht schon da. Ich hatte nämlich mit Herrn Gabriel besprochen, dass ich einen VIP-Platz bekomme."

Die Mimik Uriels war jetzt wie eingefroren. „Da müssen Sie etwas völlig falsch verstanden haben. Niemand darf dabei sein. Und Sie werde ich hier auf keinen Fall durchlassen."

Mit einer energischen Geste griff der junge Mann in seine Umhängetasche, holte ein Stück Papyrus hervor und hielt es wie eine Waffe vor sich. „Hier, mein Presseausweis. Sind Sie jetzt zufrieden? Und kann ich jetzt – bitte – aufs Gelände?"

Uriel würdigte das Dokument keines Blickes. „Vergessen Sie's!"

Da riss dem Journalisten der Geduldsfaden. „Hören Sie.

Sie wissen wohl nicht, wen Sie vor sich haben. Ich bin nicht irgendwer. Mein Team und ich ... wir haben die allerletzten Zimmer im Bethlehem-Hilton ergattert und ..."

„Ach, Sie sind also dafür verantwortlich, dass wir hier drau-ßen in der Kälte ..."

Der junge Mann drückte seine Brust heraus. „Jetzt werden Sie mal nicht frech. Ich kenne einige bedeutende Persönlich-keiten, die Ihnen eine Menge Unannehmlichkeiten bereiten können. Und zwar so richtig. Und ich werde mich persönlich bei Ihrem Vorgesetzten über Sie beschweren. Haben Sie schon mal was von Pressefreiheit gehört?"

Er prustete unwillig. Dann sagte er, jedes Wort betonend: „Hören Sie: Sie wollen keinen Stress. Und ich will keinen Stress. Also lassen Sie mich einfach durch!"

„Nein." Der Security-Mann hatte die Beine etwas auseinan-dergezogen und stand nun vor dem Journalisten wie der Koloss von Rhodos.

Ein sanfter Wind strich den Weg entlang.

Nach einem kurzen Moment griff der Besucher erneut in seine Tasche und holte einen kleinen Lederbeutel hervor. Dann sagte er mit versöhnlicher Stimme: „Wissen Sie was: Machen Sie sich doch mit Ihrer Frau in den nächsten Tagen mal so einen richtig schönen Abend. Ich weiß ja, dass man in Ihrem Beruf völlig unterbezahlt ist."

Strahlend präsentierte er den Beutel auf seiner ausgestreck-ten Hand und hielt ihn dem Wachposten auffordernd hin. „Hier ... das sind ... äh ... ungefähr dreißig Silberlinge. Sie lassen mich durch. Und keiner wird etwas davon erfahren."

Die Lippen des Security-Mannes waren zu einem schmalen Strich geworden. „Behalten Sie Ihr Geld. Ich werde Ihnen den Zutritt zur Krippe nicht gestatten. Haben Sie mich verstanden? Die Geburt von Gottes Sohn ist kein Medienspektakel. Und das Letzte, was wir hier brauchen, sind solche elenden Paparazzi wie Sie."

Seine Worte hatten jede Verbindlichkeit verloren. „Ich sage es jetzt nur noch ein allerletztes Mal: Es ist keine Presse im Stall zugelassen. Und Sie kommen hier nicht rein. Bitte zwingen Sie mich nicht, unhöflich oder gar handgreiflich zu werden. Ich wäre Ihnen zutiefst verbunden, wenn Sie diesen Ort möglichst zügig verlassen würden."

Er hob den Kopf und schaute demonstrativ über den Journalisten hinweg. Hinaus ins Tal.

Der Besucher steckte frustriert seinen Geldbeutel wieder ein und versuchte sich zu sammeln. Schließlich biss er sich kurz auf die Unterlippe. „Mann, das war echt eine bescheuerte Idee mit der Bestechung. Tut mir leid. Aber seien Sie doch bitte nicht so hart, Herr Uriel.

Mir geht es auch um die Sache. Wie soll ich das erklären? Passen Sie auf! Seitdem ich letztes Jahr ein langes Gespräch mit Johannes dem Täufer geführt habe – übrigens ein Exklusivinterview, das weltweit nachgedruckt wurde – habe ich intensiv über das Thema ‚Der Sohn Gottes' recherchiert. Und das ist schon faszinierend. Das lässt einen nicht kalt, dass Gott selbst zu den Menschen kommen möchte.

Und ja, ich weiß, dass es in meinem Metier viele schwarze Schafe gibt. Aber es muss Ihnen doch auch am Herzen liegen, dass die Welt die Wahrheit erfährt."

Der Security-Mann trat einen Schritt vor, sodass der Journalist instinktiv zurückwich. Erbost rief er: „Wissen Sie was, da waren eben schon drei andere Typen da, die mir genau die gleiche Geschichte erzählt haben. Wie sie mit Johannes geredet haben … dass keiner so toll und so ehrlich berichtet wie sie … und dass ich einen Riesenfehler mache, wenn ich sie nicht in den Stall lasse.

Hören Sie: Ich hatte bisher eine Engelsgeduld, aber auch wir sind manchmal nur Menschen. Es ist schweinekalt. Ich stehe hier seit viereinhalb Stunden herum und muss mich mit irgendwelchen Wichtigtuern herumschlagen, die sich alle für die bedeutendsten Schreiberlinge der Weltgeschichte halten.

Es steht mir bis hier. Und jetzt ist Schluss. Das ist die letzte höfliche Aufforderung: Verschwinden Sie!"

„Jetzt hören Sie mir doch erst mal zu: Ich … ich muss …"

„Nein!"

Der Journalist ließ die Schultern hängen, drehte sich um und trottete verwirrt den Weg zurück, den er so beschwingt herangestürmt war.

Als er etwa acht Meter von dem Security-Mann entfernt war, drehte er sich noch einmal um. Seine Stimme klang jetzt verletzlich. „Ich … ich weiß nicht, wie ich es Ihnen erklären soll. Es geht … es geht mir gar nicht um meinen Artikel … jedenfalls nicht nur … natürlich hätte ich gerne eine coole Story gehabt … ist wohl eine Berufskrankheit … aber eigentlich … bin ich aus privatem Interesse hier."

Er hob den Kopf: „Ich habe tatsächlich mit Johannes gesprochen. Und da … da ist etwas mit mir passiert. In mir. Mir ist klar geworden, dass sich in dieser Welt vieles ändern wird, wenn der Sohn Gottes geboren wird. In der Gesellschaft … in unserem Denken … vor allem aber bei mir selbst. Ja, bei mir kann sich etwas ändern …

Ich möchte so gerne dieses Kind in unserer Wirklichkeit begrüßen … weil … ja, weil … weil ich muss … weil ich sonst nicht glücklich werde. Bitte … ich fordere nicht … ich bitte und flehe … Ich kann dem Kind und Ihnen nichts bieten … außer meiner Sehnsucht … meiner Angst … und meiner Hoffnung. Der Hoffnung, dass der Retter der Welt auch mich retten kann …"

Uriel zog wieder die Schultern nach hinten. Diesmal aus Verlegenheit. Leise sagte er: „Ich weiß nicht."

Der Journalist machte zwei Schritte auf den Security-Mann zu. „Bitte. Ich glaube, dass sich mein Leben radikal ändern wird, wenn ich dem Sohn Gottes in die Augen schaue. Ich lasse auch alles draußen. Meine Stifte, meine Blöcke …"

Er hob seine Hände wie einer, der sich ergeben möchte.

Der Wachposten rang mit sich. Schließlich murmelte er: „Das kann ich ja gut verstehen, aber ich bekomme einen Riesenärger, wenn das rauskommt. Und so, wie Sie angezogen sind, sind Sie ja auffälliger als eine lila Kuh."

Eine Minute lang sagten beide kein Wort. Dann winkte der Security-Mann den Journalisten seufzend zu sich und zeigte hinter einen Busch. „Da, das ist die einzige Möglichkeit, die mir einfällt. Ziehen Sie die Hirten-Klamotten an, die da rumliegen, und mischen Sie sich unauffällig unter die Männer, die heute Nacht ihre Schafe bei den Hürden hüten. Die werden nachher nämlich Zugang bekommen."

Ein breites Lächeln ließ das Gesicht des jungen Mannes erstrahlen. „Das würden Sie für mich machen? Danke. Das vergesse ich Ihnen nie. Und ich verspreche Ihnen: Es wird mich keiner bemerken."

Uriel winkte ab. „Schon gut. Aber ich verlass mich da drauf … mehr noch … ich habe Ihr Wort: Sie gehen wirklich nur aus privaten Gründen in den Stall von Bethlehem. Wenn ich irgendwo nur ein einziges Wort über die Ereignisse der heutigen Nacht von Ihnen lese, dann Gnade Ihnen Gott …"

Der Journalist hob die Hand zum Schwur, während er schon dabei war, sich die einfachen Gewänder überzustreifen. „Auf keinen Fall …"

Der Security-Mann seufzte. „Gut, ich vertraue Ihnen. Ach, bevor ich's vergesse: Wie heißen Sie eigentlich?"

„Ich?", erwiderte der junge Mann verschmitzt, „mein Name ist Lukas."

13. O Pannenbaum

Fast dreißig Millionen Tannenbäume werden alljährlich in Deutschland gekauft. Und wenn es dabei jedes Mal so zugeht, wie bei meiner Frau und mir, dann sind das Millionen von Ehekrächen.

Ein echter Albbaum.

Ja, mir scheint, als ob sich in meiner Ehe das ganze Jahr über bestimmte Konflikte heimtückisch anstauen, um dann – hervorgelockt von der ewigen Tannenbaum-Frage – in der Adventszeit mit geballter Kraft hervorzubrechen.

Ich sage Ihnen: Nicht nur beim Voodoo wird mit Nadeln gefoltert.

Dabei hätte ich vor unserer Hochzeit niemals gedacht, dass in einem banalen Bäumchen überhaupt ein solches Konfliktpotenzial stecken könnte. Aber da war ich wohl auf dem Holzweg. Kaum etwas fordert so viele existenzielle Entscheidungen wie das Auswählen und Schmücken eines Weihnachtsbaums.

Schauen wir uns den Reigen der Herausforderungen mal kurz an: Fichte oder Nordmanntanne? Bio oder Massenbaumhaltung? Importiert oder heimisch? Dicht oder luftig? Vom Discounter oder selbst exekutiert? Gertenschlank oder unten bauchig? Kerzengrade oder natürlich gebogen? Riesig auf dem Boden platziert oder dezent auf einem Tisch?

Und das ist noch lange nicht alles: Christbaumkugeln oder Anhänger? Echte Kerzen oder LEDs? Schleifen oder Lametta? Schoko-Kekse oder Engel aus dem Erzgebirge? Mit sichtbarem oder mit verdecktem Weihnachtsbaumständer?

Glauben Sie mir: Über jede dieser Fragen kann man sehr lange und kontrovers diskutieren. Aber das kennen Sie wahrscheinlich selbst.

Ist ja auch kein Wunder: Schon bei der Frage, ob diese kostbare grüne Kreatur über Monate mit Insektiziden, Fungiziden und Rhodentiziden gequält wurde, bevor man mit deftigen Gift-Cocktails dafür gesorgt hat, dass sie schnell wächst, tiefgrün wird und (übrigens gegen ihre Natur) anfängt, intensiv zu duften – oder ob sie eine glückliche, chemiefreie Kindheit in einer Schonung hatte, in der auch die Biene Maja gerne ihren Namen getanzt hätte … Ja, schon bei dieser Frage prallen Weltanschauungen aufeinander. Da geht es nicht mehr nur um diesen einen Baum, da geht es um Sein oder Nicht-Sein. Alles oder Nichts.

Angeblich sollen ja Christbaumverkäufer demnächst eine Ausbildung zum Paartherapeuten vorweisen müssen, bevor sie den Job antreten dürfen. Zu groß ist sonst die Gefahr, dass sie im Sog der bilateralen Spannungen zum Kollateralschaden werden.

Ich zum Beispiel fand letztes Jahr, dass die Nordmanntanne, die mir gefiel, nicht unbedingt ein Symbol für meine „verkommene kapitalistische, antihumanistische und destruktive Denkstruktur" war – wie meine erboste Frau behauptete.

Doch als sie den Verkäufer anraunzte, er möge doch dazu bitte auch mal was sagen, war der sichtlich überfordert. Ja, er wurde ganz bleich. Und ich dachte spontan: „Dir täte jetzt so ein Baum-Cocktail eigentlich auch ganz gut."

Dieses Jahr habe ich zwei Grundsatzentscheidungen gefällt. Erstens: Ich werde fortan bei allen Traugesprächen mit den designierten Ehepartnern so eine Art TBT-Test machen: Welcher „TannenBaumTyp" sind Sie? Damit die Armen schon vorher wissen, was auf sie zukommt. Und zweitens: Ich lasse meine Frau dieses Jahr den Weihnachtsbaum allein kaufen. So gut können der Glühwein und die Griebenschmalzbrote beim Verkaufsstand gar nicht sein, dass sie das Risiko eines endgültigen Ehezerwürfnisses wert sind.

Seither schlafe ich wieder ruhig. Nicht nur, weil ich seit Langem mal wieder gespannt bin, was für einen Baum sie wohl aussucht, sondern auch, weil ich weiß: Wenn das Ding buckelig, kahl und depressiv aussieht (weil es der Biene Maja beim Tanzen zugucken musste), dann bin ich nächstes Jahr dran.

Und dann werden wir ja sehen, was ein echter Baum ist …

14. Vom Himmel hoch

„Martin, kommst du bitte – und erklärst Johannes noch einmal, warum er dieses Jahr keine Geschenke bekommt."

„Käthe … bitte … musst du mich ständig stören … ich bin gerade am Schreiben … ich mache nur noch diesen Liedtext fertig, dann kümmere ich mich …"

„Na toll, der berühmte Herr Reformator residiert in seinem Kämmerlein und ist am Dichten … und ich habe drüben die plärrende Bagage am Hals … dabei hast du uns das Ganze eingebrockt … soll ich dir sagen, was Johannes die ganze Zeit brüllt? ‚Alle anderen Kinder haben was bekommen. Nur ich nicht. Das ist gemein. Ich will auch Geschenke. Warum bekomme ich als Einziger nichts?'"

„Mein liebster Herr Käthe, mein Morgenstern … kannst du ihm das nicht einfach erklären …"

„Was genau?"

„Na, dass das mit den Geschenken am Nikolaustag ein kindischer und überholter Brauch ist, der in diesem Hause von nun an nicht mehr gefeiert wird. Diese ganze Heiligenverehrung der Papisten lenkt die Glaubenden vom wahren Evangelium ab.

Darum habe ich entschieden: Im Hause Luther bringt fortan nicht mehr der Nikolaus, sondern das Christkind die Geschenke. Das heißt: Alle bekommen wie jedes Jahr gute Gaben, aber eben nicht am Nikolaustag, sondern erst am Weihnachtstag selbst ... das ist viel würdiger ... und das wirst du unserem Ältesten ja noch vermitteln können."

„Hör mal zu, Martin, das Christkind ist an Weihnachten frisch geboren, wie soll das denn Geschenke bringen? Das glaubt doch kein Kind. Schon gar nicht so ein aufgeweckter Junge wie unser Hans. Kannst du dir bitte etwas Besseres einfallen lassen?!"

„Käthe, ich möchte mich gerne auf diesen Text konzentrieren ... können wir das bitte später diskutieren ..."

„Nein, dein Sohn weint jetzt. Also: Was ist nun mit dem Säugling, der angeblich Säcke voller Geschenke schleppt?"

„Och ... das kann doch wirklich warten ..."

„Nein, kann es nicht."

„Pass auf ... an Weihnachten gedenken wir der Geburt Christi, die ja nun schon vor 1534 Jahren stattfand. Der inzwischen längst wieder gen Himmel gefahrene Sohn Gottes wird ja wohl in der Lage sein, ein paar Äpfel, Nüsse und Spielsachen zu verteilen ..."

„Und warum sagst du dann ‚Christkind'?"

„Weil das schöner klingt. Ganz einfach. Aus und Schluss. Kann ich jetzt bitte meinen Text fertigschreiben?"

„Was formulierst du da eigentlich? Zeig mal ..."

„Käthe, gib sofort das Blatt wieder her. Du weißt: Ich mag es gar nicht, wenn du dir Texte von mir anschaust, die noch nicht vollendet sind ..."

„Stell dich nicht so an. Mann, deine Sauklaue kann man ja kaum lesen. Was soll das heißen? Warte mal ...

‚*Vom Himmel hoch / da komm ich her / ich bring euch / gute neue Mär.*'

Das kenn ich doch. Martin, das hast du geklaut. Das ist ...

warte mal … genau … das ist dieses Schunkellied, das die Spielleute immer beim Markt singen. Nur heißt es bei denen ‚Ich komm aus fremden Landen her und bring euch viel der neuen Mär …‘ Du hast das ja fast eins zu eins übernommen."

„Jetzt gib mir bitte das Blatt zurück! Ja, ich habe das übernommen … aber ich dachte halt, das ist ein Lied, das alle kennen … da können die Leute wenigstens sofort mitsingen."

„Aber … das meinst du doch nicht ernst, oder? Ein Bänkellied … einer dieser Gassenhauer, die meist dann gegrölt werden, wenn die Leute schon sternhagelvoll sind … eines dieser schmierigen Lieder, bei denen sich die jungen Männer den Frauen schamlos präsentieren und an den Hals werfen … um sich Küsse und andere Liebkosungen zu erschleichen … so was willst du doch nicht ernsthaft in einem Gottesdienst singen …"

„Nun, ich dachte vor allem daran, dieses Lied als Kinderlied bei unserer Familienfeier zu singen …"

„Das wird ja immer besser. Willst du unsere Kinder verderben?"

„Ach, Käthe, jetzt stell dich nicht so an. Neulich habe ich Johannes dabei ertappt, wie er die Melodie vor sich hin gepfiffen hat. Das ist eingängig und gefällt den Menschen. Und warum soll man nicht zu im Volk beliebten Melodien ganz neue geistliche Texte erschaffen?

Wenn du mir das Blatt wiedergeben würdest, dann könnte ich dir zeigen, dass ich fünfzehn sehr geistliche Strophen verfasst habe, in denen die gesamte Weihnachtsgeschichte nacherzählt wird. So, wie sie beim Evangelisten Lukas steht.

Und genau darum geht es: Dass die Menschen wieder neu verstehen, was in der Heiligen Nacht wirklich geschehen ist. Und jetzt erklär mir: Warum darf ich dazu nicht auch einmal eine musikalische Vorlage benutzen, die den Menschen längst in Fleisch und Blut übergegangen ist?"

„Ich weiß nicht: Ein Sauflied … um das Volk mit der Geburt des Gottessohns vertraut zu machen. Manchmal wundere ich mich schon über dich. Erst raubst du den Kindern ihre geliebten Geschenke zum Nikolaus … und jetzt erzählst du mir, man könne mit völlig ungeistlicher Musik geistliche Bildung fördern. Kein Wunder, dass sich mancher über dich aufregt."

„Aber warum soll denn die Musik in der Kirche völlig anders sein als auf den Gassen? Wenn den Menschen dieses Hopsa der Spielleute gefällt … ist nicht Jesus gerade auf die Welt gekommen, um ganz Mensch zu werden? Um ganz bei den Seinen sein zu können? Warum sollte er da die Klänge der einfachen Leute verachten?

Außerdem: So schlecht finde ich die Melodie gar nicht. Die hat doch was? *Vom Himmel hoch, da komm ich her* … Also, mir gefällt's. Und ich mache meine Arbeit nun mal für die Magd und den Knecht … nicht für die Herren Professoren … die können ja selbst in der Bibel nachlesen … nein … gerade die, die sich von den gelehrten, hoch-akademischen Lehren nicht angesprochen fühlen, kann ein solches Lied ganz neu ansprechen … denn es zeigt ihnen, dass der Herr Christus einer von ihnen ist …"

„Nun, Martin, wenn du meinst. Probiere es halt aus. Und wenn du nach einiger Zeit denkst, es wäre Zeit für eine neue Melodie, dann nimm dir halt die Laute und komponiere etwas Eigenes. Trotzdem werden mich allein die beiden ersten Zeilen ewig daran erinnern, dass dieses Lied vom eitlen Ringelrein herkommt."

„Ach, Käthe, manchmal sagst du so kluge Dinge, ohne es zu merken. Ringelrein … wie faszinierend. Warum wird denn eigentlich in unseren Gottesdiensten so wenig getanzt? Erinnere dich … schon der König David hat der Welt mit seinem ekstatischen Tanz vor der Bundeslade gezeigt: Wenn einer die Schönheit des Glaubens feiern möchte, dann kann er manchmal gar nicht anders als zu springen und zu hüpfen."

„Jetzt ist aber gut. So weit kommt es noch. Dass wir um den Altar tanzen ... sag ... wie viele Becher Wein hast du heute schon getrunken?! Na, egal ...

Hier hast du dein Blatt zurück. Mach in Gottes Namen deine letzten Korrekturen ... und dann komm rüber ins Speisezimmer und erkläre deinem Sohn das mit den Geschenken.

Wer weiß: Möglicherweise kannst du ihn ja mit deinem volkstümlichen Gossengesang so erheitern, dass er endlich Ruhe gibt.“

15. Ein Hauch von Nichts

„Fröhlichs schenken sich dieses Jahr nichts."

Sagte meine Frau. Und sah mich herausfordernd an. Mit diesem radikal-femininen Du-weißt-schon-was-ich-meine-Blick.

Ich wusste es nicht. Brauchen sie Geld? Hat einer von beiden eine Geschenkpapier-Allergie? Oder, mein Gott, wollen sie sich trennen? Sie wirkten doch immer so … innig.

Meine Frau zog eine Grimasse, als hätte sich jeglicher Rest-IQ bei mir verflüchtigt. Ihre Stimme klang einen Hauch genervt: „Na-hein, sie wollen ein Zeichen setzen, für die Einfachheit des Lebens. Gegen die Konsumgeilheit des Westens und den weihnachtlichen Warenwahn. Sie wollen das Wesentliche an Weihnachten wiederfinden: das Kind in der Krippe. Arm, klein, schwach. Liebe statt Lametta. Frieden statt Fressorgien."

Folgende Sätze hätte ich an dieser Stelle nicht sagen sollen: „Aber das Kind in der Krippe bekam doch von den Weisen aus dem Morgenland richtig dicke Geschenke: Gold, Weihrauch und Myrrhe. Das war kurz nach der Geburt stinkreich."

Nun: Meine Frau war eher stinksauer. Und so beschlossen wir (erst sie – und dann auch ich irgendwie), dass es besser sei, einander dieses Jahr nichts zu schenken. Wir wollten ein klares Zeichen setzen. Gemeinsam.

Für die eigene Frau Geschenke suchen zu müssen, müsste eigentlich durch die Genfer Konventionen verboten werden. Dachte ich früher immer.

Doch eines ist noch viel schlimmer: keine Geschenke kaufen zu dürfen.

Mehrmals wachte ich nachts schweißgebadet auf, weil ich meine Angetraute in Albträumen gesehen hatte, tränenüberströmt unterm Weihnachtsbaum, schluchzend. Sich am Boden krümmend: „Nichts? Du hast nichts? Du liebst mich nicht mehr. Ja, ich wollte keine Geschenke, aber eine Kleinigkeit wäre doch wohl das Mindeste gewesen. Etwas Symbolisches. Schlichtes. Eine kleine Geste. Du Unmensch."

Einmal fing ich an zu weinen, zumindest fast, weil ich nicht wusste, wie ich aus dieser Falle herauskommen sollte. Ich konnte doch nur verlieren. Wie ich es machte, es würde verheerend ausgehen.

Doch dann hatte ich die rettende Idee: Ich würde ihr einen „Hauch von Nichts" schenken. Das war ja erlaubt: Nichts.

Männer fühlen sich in Dessous-Abteilungen nicht wirklich wohl. Zumindest wenn sie allein sind. Aus Angst, als hormongesteuerter Triebtäter angesehen zu werden, bemühen wir uns verkrampft, nicht zu den Umkleidekabinen zu gucken. Auch wenn wir gerne mal würden.

Hölzern laufen wir an den verführerischen Winzigkeiten vorbei. Scheinbar desinteressiert: Ja, ganz nett. Gewagt! Was es nicht alles gibt.

Außerdem wurde ich unsicher. Vielleicht würde sie mich verachten: „Du Perversling. Das ist doch ein Geschenk für dich. Nicht für mich. Dir soll es Freude bereiten."

Gut, dann konnte ich wenigstens entgegnen: Du wolltest ja nichts.

Wohlan. Ich kaufte mit gesenktem Blick und hochgeschlagenem Mantelkragen ein rotes Negligé. Und entwickelte auch direkt die dazugehörige Taktik: Ich würde das Geschenk an Weihnachten in der Hinterhand haben und dann spontan entscheiden, ob ich es überreiche oder nicht.

Es wurde das schlimmste Fest aller Zeiten. Ich vermutete nämlich, dass meine Frau auch etwas gekauft hatte. Jedenfalls belauerten wir einander den ganzen Abend.

Es war wie ein Duell: Wer zieht zuerst? Hochspannung. High Noon. Oder besser gesagt: Low Noon. Was tun? Wir zündeten zitternd die Biokerzen an – am fair gehandelten Tannenbaum, der mit bräunlichen, von glücklichen Palästinensern geschnitzten Olivenholzanhängern „geschmückt" war. Aßen Tofu-Würfel an Dinkelschaum und lasen die Weihnachtsgeschichte aus der „Bibel in gerechter Sprache". Gegen neun gingen wir wortlos zu Bett.

Und da reifte in mir der Racheplan: Morgen ist Weihnachtsbrunch bei Fröhlichs. Und ich, ich lege denen heimlich das Negligé unter den Baum.

Mal sehen, wie die damit umgehen.

16. Der Tag,
an dem Weihnachten verschwand

Pfarrer Noel schwieg einen Moment am Ende der Leitung. Dann sagte er ruhig und mit einem leicht seelsorgerlichen Tonfall: „Ich glaube, ich habe Sie nicht verstanden. Was möchten Sie?"

Joachim unterdrückte eine flapsige Bemerkung und presste den Hörer noch fester ans Ohr. „Ich will wissen, warum Sie heute keinen Gottesdienst feiern. Sehen Sie, Herr Noel, meine Tochter Charlotte freut sich schon seit Tagen aufs Krippenspiel – doch als wir eben an ihre Kirche kamen, war alles dunkel. Stockdunkel."

Wieder schwieg der Theologe. Dann murmelte er: „Krippenspiel? Was soll denn das sein?"

Joachim brauste auf: „Na hörn Sie mal, Sie werden ja wohl wissen, was ein Krippenspiel ist. Sie haben doch Theologie studiert."

Offensichtlich war der Pfarrer mehr amüsiert als beleidigt, denn er sagte: „Nein, tut mir leid, ich habe keine Ahnung. Aber vielleicht erklären Sie es mir – also: was das sein soll … ein Krippenspiel."

Langsam wurde der Familienvater richtig sauer. „Sie verarschen mich. Oder? Ist das hier so ein blöder Scherzanruf vom Radio?"

Pfarrer Noel lachte. „Bestimmt nicht. Außerdem haben Sie ja mich angerufen."

Joachim grummelte. „Stimmt. Aber ich komme mir trotzdem ziemlich bescheuert vor, wenn ich Ihnen, einem promovierten Geistlichen, jetzt erkläre, was ein Krippenspiel ist. Soll ich das wirklich? Meinen Sie das ganz ernst?"

„Ich bitte darum."

„Wirklich! Ich fass es nicht. Na gut … also: Ein ‚Krippenspiel' ist so eine Art kleines Theaterstück, in dem die Geburt Jesu beschrieben wird. … Wie Maria und Josef nach Bethlehem kamen … wie kein Platz mehr in den Herbergen war … und wie die hochschwangere Maria in einen Stall ausweichen musste … und da bekam sie dann ihr Kind Jesus und legte es in eine Krippe … eine Futterkrippe für Tiere … deshalb der Name ‚Krippenspiel'. Und für meine kleine Tochter ist dieses Krippenspiel jedes Jahr der Höhepunkt von Weihnachten …

Also, mal ehrlich … Sie machen sich doch gerade lustig über mich. Aber da kann ich nur sagen: Besonders christlich finde ich das nicht."

Pfarrer Noel räusperte sich. Dann sagte er: „Ich versichere Ihnen, dass meine Fragen ganz ernst gemeint sind. Ich kannte diese kleine Geschichte tatsächlich noch nicht. Und auch nicht dieses … wie haben Sie das genannt? ‚Weihenachten'?"

Joachim verschlug es kurz die Sprache. Dann blökte er los: „Jetzt reicht's aber. Es heißt ‚Weihnachten'. Und Sie werden ja wohl wissen, was Weihnachten ist. Falls nicht, sollte ich vielleicht mal mit ihrem Bischof reden. Dann haben Sie nämlich ein gewaltiges Problem."

Der Theologe versuchte zu beschwichtigen. „Das Ganze ist sicher nur ein Missverständnis. Vielleicht können wir ja gemeinsam Licht ins Dunkel bringen. Noch mal von vorne:

Wenn ich Sie richtig verstehe, dann hätten Sie gerne, dass unsere Gemeinde anlässlich dieses ‚Weihnachten‘, wie Sie es nannten, eine Geburtsgeschichte Jesu nachspielt …"

Joachim unterbrach ihn rüde: „Sind Sie völlig behämmert? Was labern Sie da eigentlich? Weihnachten ist das große Fest der Kirche. Der Höhepunkt des Winters. Das zentrale Ereignis im Kirchenjahr. Und Sie machen hier und jetzt einen auf Total-Amnesie.

Wissen Sie, was ich glaube: Sie sollten mal einen Arzt aufsuchen. Einen Experten für Gedächtnislücken. Und zwar dringend. Ganz dringend!

Kleine Frage am Rand: Sie wissen aber schon, wer Jesus ist. Oder soll ich Ihnen das auch erklären?"

Pfarrer Noel klang jetzt irritiert. „Natürlich weiß ich, wer Jesus ist. Und ich wäre Ihnen dankbar, wenn Sie etwas entspannter mit mir reden würden, weil …"

„Entspannt? Mit einem Pfaffen, der nicht mal Weihnachten kennt? Sie haben Ihr Examen ja wohl im Lotto gewonnen. Und das mit Ihrer Promotion wird mir auch immer suspekter … weiß der Kerl nicht, was ein Krippenspiel ist.

Tja … übrigens: Nebenan im Kinderzimmer weint sich meine Tochter gerade die Seele aus dem Leib, weil unsere Gemeinde nicht in der Lage ist, das ‚Fest der Feste‘ angemessen zu gestalten."

Diesmal unterbrach der Theologe den erbosten Anrufer, freundlich, aber bestimmt: „Mal ganz langsam. Woher haben Sie denn diese Geschichte mit der Geburt in einem Stall?"

„Hallo? Ich habe das Gefühl, ich bin im falschen Film. Die Bibel! … das Lukasevangelium. Sagt Ihnen das was? Ich glaube, das steht alles im zweiten Kapitel."

Seine Stimme überschlug sich: „Soll ich es Ihnen vorlesen? Da Sie ja offensichtlich im Studium durchgeschlafen haben."

Der Pfarrer brummte: „Seien Sie doch so freundlich!"

Aufgeregt knallte Joachim den Hörer auf den schon fertig gedeckten Tisch, lief zum Regal, um die Familienbibel zu holen – die für Weihnachten bereitlag – und blätterte mit fahrigen Bewegungen, bis er das Lukasevangelium gefunden hatte.

Da!

Zweites Kapitel.

Er nahm den Hörer wieder auf und begann vorzulesen, schnell und energisch: *„Es begab sich aber zu der Zeit, dass ein Gebot von dem Kaiser Augustus ausging, dass alle Welt geschätzt würde. Und diese Schätzung war die allererste und geschah zur Zeit, da Quirinius Statthalter in Syrien war. Und jedermann ging, dass er sich schätzen ließe, ein jeder in seine Stadt. Da machte sich auf auch Josef aus Galiläa, aus der Stadt Nazareth, in das jüdische Land zur Stadt Davids, die da heißt Bethlehem, weil er aus dem Hause und Geschlechte Davids war, damit er sich schätzen ließe mit Maria, seinem vertrauten Weibe; die war schwanger. Und als sie dort waren, kam die Zeit, dass sie gebären sollte. Und sie gebar ihren ersten Sohn. Und als acht Tage um waren und man das Kind beschneiden musste, gab man ihm den Namen Jesus, wie er genannt war von dem Engel, ehe er im Mutterleib empfangen war. Und als die Tage ihrer Reinigung nach dem Gesetz des Mose um waren, brachten sie ihn nach Jerusalem …"*

Joachim stutzte.

Pfarrer Noel aber sagte in die Pause hinein: „Ja richtig. Genau so kenne ich den Text auch."

Der junge Mann musste schlucken. Dann stotterte er: „Ja … aber … aber … das verstehe ich nicht. Wo ist denn das alles hin … das mit dem Stall … und den Hirten … und den Engeln auf dem Feld? Dieser wunderbare Ruf ‚Fürchtet euch nicht!'? Und … die überfüllten Gasthäuser …?"

Völlig verwirrt blätterte er ein paarmal die Seiten vor und zurück. Fand aber nicht, was er suchte. „Jetzt begreife ich überhaupt nichts mehr."

Erleichtert sagte der Theologe: „Sehen Sie, die Geburtsgeschichte Jesu hat in der Kirchengeschichte nie eine besondere Rolle gespielt. Deshalb hat sich dazu auch kein Brauchtum entwickelt. Wahrscheinlich, weil die kurze Beschreibung bei Lukas so unspektakulär ist. Und die anderen Evangelien erzählen ja überhaupt keine Geburtsgeschichte. Entscheidend ist doch, wie Jesus gelebt hat – und dass er am Kreuz für uns gestorben ist."

„Das gibt es nicht! Ich begreife das … nicht."

Der Pfarrer war jetzt ganz verbindlich: „Wenn Sie möchten, komme ich gerne morgen mal vorbei und rede mit Ihrer Tochter über diese schönen Kindheitslegenden Jesu, die Sie mir da vorhin erzählt haben …"

„Das sind keine Legenden! Das ist Weihnachten!" Joachim musste sich am Tisch festhalten.

„Entschuldigen Sie, wenn ich da noch mal nachhake. Warum ist Ihnen das denn so wichtig?"

Mit letzter Kraft ließ sich Joachim auf einem Stuhl nieder. Gedankenverloren sagte er: „Warum? Ja, warum? Vielleicht … Weil es etwas ganz Besonderes ist, dass Jesus nicht in einem Haus, sondern in einem Stall zur Welt kam … Weil es vor Augen führt, wie klein sich Gott gemacht hat, um uns Menschen nah zu sein … Und weil mich dieser Ausruf des Verkündigungsengels ‚Fürchtet euch nicht!' jedes Jahr neu stärkt und ermutigt. Darauf will ich nicht verzichten …"

Pfarrer Noel sagte sanft: „Was denken Sie, soll ich morgen mal vorbeikommen?"

„Morgen ist Feiertag!"

Der Theologe lachte. „Warum sollte morgen Feiertag sein?"

„Weil Weihnachten ist."

Wütend knallte Joachim den Hörer auf die Gabel.

Dann ging er zum Fenster und zog mit einem Ruck die Gardine zur Seite.

Nichts!

Kein geschmücktes Haus.

Keine Lichterketten.

Kein blinkender Weihnachtsstern in den Fenstern.

„Was ist denn bloß los?"

Joachim fühlte sich, als hätte er zu viel getrunken.

Dann aber raffte er sich auf, stürmte ins Treppenhaus und dann die Stufen hoch ins Dachgeschoss zu den Nachbarn.

Andrea öffnete ihm auf sein stürmisches Klingeln hin mit einem etwas genervten Gesichtsausdruck. Doch als sie den Besucher sah, zog sie erstaunt die Augenbrauen zusammen: „Joachim. Was ist denn los? Du bist ja ganz blass. Geht es dir nicht gut? Ist was mit Charlotte oder Annette? Komm doch erst mal rein."

Er stolperte in die Wohnung und fragte: „Wo ist euer Weihnachtsbaum?"

Andrea machte die Tür hinter ihm zu. „Unser was?"

„Euer WEIHNACHTSBAUM. Ihr habt doch sonst immer so eine tolle Nordmanntanne mit viel Lametta und so."

Die Nachbarin grinste: „Jojo, mein lieber Schwan. Ich habe keine Ahnung, wovon du redest, aber eines ist offensichtlich: Du hast ganz schön einen gebechert. Und das mitten in der Woche am helllichten Tag. Sag mal: Wieso bist du eigentlich zu Hause? Hast du heute frei?"

Mit einem lauten Stöhnen ließ sich Joachim in die Couch-Garnitur fallen. Verzweifelt. Einige Minuten lang sagte er gar nichts.

Dann lief plötzlich ein Lächeln über sein Gesicht. „Sag mal, habt ihr – also: du, Michael und die Kinder – heute Abend schon was vor? Nein, das ist ja klasse. Weißt du: Ich würde euch nämlich gerne einladen. Zu einem Fest. Einem ganz besonderen Fest. Und ich würde euch dabei eine Geschichte erzählen, von der ich glaube, dass ihr sie kennen solltet. Weil sie einfach wunderschön ist.

Und glaub mir: Ich bin nicht betrunken. Kein bisschen. Nur ein wenig erstaunt …"

17. Nur ein Lachen

Sein Wunschzettel war dieses Jahr kurz. Sehr kurz sogar. Nichts von den üblichen Wünschen der vergangenen Jahre: Carrera-bahn, Actionfiguren oder neues Fahrrad. Solche Sachen würden ihm seine Eltern ohnehin schenken. Da brauchte er das Christkind nicht zu bemühen.

Felix schrieb in seiner krakeligen Kinderschrift, Buchstabe für Buchstabe, nur einen Satz: „Bitte mach, dass Else wieder lacht.“

Else. Seine Ersatzoma. Die wohnte im Nachbarhaus, schon immer. Und sie lachte so laut, dass der Klang aus ihrem offenen Küchenfenster regelmäßig bis in sein Kinderzimmer hüpfte.

Ja, manchmal lachte Else so dermaßen laut, dass er es sogar durch die Wand hören konnte. Und sie lachte viel. Eigentlich den ganzen Tag. So oft, dass Felix etwas fehlte, wenn das Prus-ten eine Zeit lang nicht erklang.

Doch vor drei Wochen hatte Else aufgehört zu lachen. Denn da war ihr Mann gestorben. Ihr Hannes, den sie die letzten Jahre hatte pflegen müssen und mit dem sie bis zuletzt so gerne fröhlich gewesen war.

„Mir ist das Lachen vergangen“, verkündete Else und zog sich zurück.

„Wir müssen ihr Zeit lassen", sagte der Vater von Felix. Aber der fand, sie hätte ihr Lachen nun wahrlich lang genug eingesperrt.

„Bitte mach, dass Else wieder lacht."

Er malte ein großes Ausrufezeichen hinter seinen Wunsch, verschloss den Umschlag, klebte einen der Aufkleber aus der Drogerie „An das Christkind" außen drauf … und wusste auf einmal nicht mehr, wohin mit seinem Wunsch. Schließlich öffnete er vorsichtig das Fenster und legte den Brief nach draußen auf das Fensterbrett. Das Christkind würde ihn sich schon holen.

Kurz vor Weihnachten.

Felix wartete. Und tatsächlich: Als er einige Tage später auf das Fensterbrett schaute, war der Briefumschlag verschwunden. Das Christkind hatte seine Nachricht bekommen. Jetzt konnte es nicht mehr lange dauern. Dann würde er das Lachen wieder hören.

In den kommenden Tagen vergaß Felix seinen Wunsch allerdings, denn in der Schule gab es eine große Theateraufführung. Ein verrücktes Stück, in dem er einen tapsigen Engel spielte, der alle Wunschzettel durcheinanderbringt. Natürlich sorgt das für ein heilloses Chaos. Auf einmal bekommt das Mädchen in der Geschichte ein Laserschwert, der Vater ein Rosenparfüm, die Mutter einen Langhaarrasierer und der Sohn ein Barbie-Pferd. Die Zuschauer amüsierten sich sehr.

Doch als Felix seine Verbeugung machte, schoss es ihm durch den Kopf: „Was ist, wenn mein Wunschzettel auch von so einem Engel bearbeitet wurde? Dann lacht vielleicht irgendeine andere Else. O nein!"

Während der Heilige Abend näherrückte, machte sich Felix Sorgen. Hätte er den Nachnamen dazuschreiben müssen? Oder die Adresse? Mein Gott, das Christkind hatte ja wahrlich genug zu tun. Abermillionen von Wünschen. Wie konnte es die alle koordinieren und betreuen?

Felix schlief in dieser Nacht nicht gut. Alles schien so kompliziert.

Doch im Morgengrauen wurde er geweckt ... von einem Lachen. Es klang noch nicht ganz so fröhlich wie früher. Aber es war unverkennbar Oma Else. Das Lachen war wieder da.

„Danke, liebes Christkind", murmelte der Junge und drehte sich noch einmal um, denn er musste erst zur dritten Stunde in die Schule.

Neun Jahre später – Felix kam gerade von einem Auslandssemester in Mailand zurück – zog ihn seine Mutter in die Küche. Sie sprach leise: „Weißt du ... Else liegt im Sterben. Und ich glaube, sie würde sich sehr freuen, dich noch mal zu sehen. Du ahnst gar nicht, wie oft sie nach dir gefragt hat. Wie deine Prüfungen gelaufen sind. Ob du dir schon das Abendmahl von Leonardo angeguckt hast und und und ... Meinst du, du könntest mal zu ihr rübergehen? Sie hat eine Pflegerin, die macht dir auf."

Ganz wohl war dem jungen Mann nicht, doch es kamen so viele Erinnerungen an die freundliche Nachbarin in ihm hoch, dass er sich zusammenriss und klingelte.

Erstaunt stellt Felix fest, dass die Wohnung von Else noch genau so eingerichtet war wie in seiner Kindheit. Abgesehen von einem Flachbildschirm, der auf einer Nussbaumanrichte stand. Und dem Krankenbett im Wohnzimmer.

Else sah nicht gut aus. Doch als sie ihn sah, fing sie an zu lachen. Laut, frech, hell. Und dieses Lachen wischte alle Distanz weg. Sie war wieder Oma Else – und er der kleine Junge.

Die alte Frau winkte ihn zu sich. „Ich habe mich nie bei dir bedankt."

„Wofür?"

„Für deinen Wunsch." Sie grinste. „Er hat mir klargemacht, wie wichtig mein Lachen ist. Für mich. Und für Frechdachse wie dich. Da habe ich mir vorgenommen, mich nicht von der Trauer kleinkriegen zu lassen. Ich weiß nicht, ob meine Seele heiterer wurde, weil ich gelacht habe, oder ob ich gelacht habe, weil meine Seele heiterer wurde ... ist auch egal. Du bist dafür verantwortlich. Durch dich hatte ich noch neun fröhliche Jahre. Danke."

„Woher weißt du von dem Wunsch?" Felix beugte sich vor.

Else hatte die Augen geschlossen. „Der Wind hat den Wunschzettel auf meine Terrasse geweht. Und ich war ja immer neugierig ... der Wind hat ihn zu mir geweht ... oder das Christkind ..."

18. Das Christkind-Desaster

Man sieht ein für Weihnachten vorbereitetes Wohnzimmer. Der Vater kommt herein und richtet die letzten Dinge. Er hat einen großen Schreibblock in der Hand, in dem er während des ganzen Stücks immer wieder etwas notiert. Nachdem er noch einmal prüfend den Raum inspiziert hat, nimmt er die Weihnachtsglocke und läutet, woraufhin die ganze Familie hereinstürmt.

Oma: Das ist aber ein hässlicher Baum dieses Jahr. Geht's euch so schlecht?

Opa: Früher waren die Bäume alle schöner.

Vater: Finger weg von den Geschenken. Erst wird Blockflöte gespielt.

Tochter: Ne, dieses Jahr nicht!

Sohn: Spiel doch selbst!

Vater: Aber Kinder – Blockflöten gehören zu Weihnachten wie … wie der Ochse in den Stall. Ihr wisst schon, was ich meine. Erst wenn diese herrlich süßen Klänge von „Stille Nacht" den Raum durchziehen, dann spürt man: Es ist wieder Weihnachten.

Sohn: Vergiss es!

Mutter: Ich finde das nicht nett von euch. Wenigstens an Weihnachten kann man sich doch mal vertragen. Außerdem freuen sich Oma und Opa immer so sehr, wenn ihr spielt.

Oma: Also wegen mir muss das nicht sein!

Opa: Ich hör's eh nicht. Früher im Krieg, da hatte ich noch Ohren wie ein Luchs.

Mutter: Papa, bitte!

Opa: Ich weiß gar nicht, was ihr wollt. Vieles war früher besser. Als wir vor Stalingrad an Weihnachten gefrorenen Glühwein gelutscht haben, das werde ich nie vergessen.

Vater: Also, dann kommen wir jetzt zum besinnlichen Teil. Kinder: ein Gedicht!

Tochter: *(genervt)* Bitte: Pinke, Panke, Penke, wo bleiben die Geschenke.

Sohn: Na, so eins kann ich auch: Dille, dalle, dulle ....

Mutter: *(unterbricht ihn)* Nein, nein, ich wollte ja dieses Jahr die Weihnachtsgeschichte vorlesen. Holt doch mal die Bibel. *(Kinder bringen sie)* Weiß jemand, wo die Geschichte steht? *(blättert)* War das vor oder nach der Sintflut? Oma, du müsstest das doch wissen.

Oma: Na hör mal, so alt bin ich auch noch nicht.

Opa: Also zumindest bist du jünger als die Kekse, die du immer in der Jackentasche hast. Übrigens: Früher, da wusste noch jedes Kind, wo die Weihnachtsgeschichte steht. Aber ich bin ja glücklicherweise kein Kind mehr.

Mutter: Also hier ist ein Buch über Lukas. Ach, da steht das mit Jesus ja auch drin. Obwohl: Das können wir auch morgen lesen.

Kinder: *(skandieren)* Geschenke! Geschenke!

Opa: So was hätten wir uns früher nicht erlaubt.

Oma: Da sieht man ja, wohin diese, äh … antiimperialistische Erziehung führt.

Vater: Also gut! Es gibt viel zu tun. Packen wir's aus! *(stürzt auf die Geschenke)* Das ist deine Ecke, das ist deine Ecke, das ist Opas Ecke …

Opa: Was? So wenig?

Mutter: *(holt Topflappen hervor)* O wie schön, die Farbe hatte ich noch nicht.

Tochter: *(zu ihrem Bruder)* Hey, das finde ich aber nett. Du schenkst mir ein Videospiel, das du selber schon hast.

Sohn: Ja. Schön gell. Leider ist meines irgendwie verschwunden.

Vater: *(hält einen hässlichen Schlips hoch)* So eine Krawatte wollte ich schon immer mal haben!

Oma: *(hält Vase in der Hand)* Na, die hätte ich mir letzte Woche beim Aldi auch fast gekauft.

Opa: *(hat viel zu großen Hut auf)* Passt wie angegossen!

Sohn: *(Kommt mit einem Riesenberg Geschenke nach vorne)* Toll! Leider habe ich das alles schon!

Tochter: Mama, hier stinkt's!

Opa: Das ist bestimmt Omas Parfum.

Vater: Sag mal, ist das nicht der Braten? Wer kümmert sich eigentlich um das Essen. Es ist doch immer das Gleiche. Muss man eigentlich alles selbst machen?!

Mutter stürzt in die Küche. Stößt dabei den Sohn an, der mit seinen Geschenken in den Rest der Gaben fällt. Vater reißt die Fenster auf.

Oma: Mir ist kalt.

Vater: Den Gestank hält ja keiner aus. Ich dreh dafür die Heizung ein bisschen auf. Was ist denn hier los? Die ist ja eiskalt. Die hat schon die ganzen letzten Tage so komisch gegluckert. So ein Mist.

Mutter: *(kommt aus der Küche)* Das Essen habe ich direkt ins Klo geschüttet. Da war nichts mehr zu machen.

Oma: Mir ist kalt.

Opa: Also, damals im Krieg, da haben wir bei minus sechzig Grad nackt getanzt.

Oma: Ich tanz jedenfalls nicht nackt! Habt ihr keine Decken?

Sohn: Also mir ist auch kalt!

Mutter: *(Bringt mehrere Wolldecken herein. Alle bis auf den Vater kuscheln sich auf dem Sofa zusammen.)* Wer hätte gedacht, dass das alles so schiefgeht?

Oma: Will jemand einen Keks? Die hatte ich noch in der Tasche.

Opa: Ja, gern.

Tochter: Ich mach mal ein paar Kerzen an. *(zündet sie an)*

Mutter: Wisst ihr, der ganze Stress in den letzten Wochen war einfach zu viel für mich. Ich bin völlig am Ende. Seid mir nicht böse. Ich wollte eigentlich alles richtig schön für euch machen. Und jetzt ist auch noch das Essen verbrannt. Ihr wart aber auch so selten da in den letzten Wochen. Keiner hat mir geholfen.

Sohn: Hättest du doch mal einen Ton gesagt. Außerdem weißt du ja, dass du nichts aus der Hand gibst. Trau uns auch mal was zu!

Mutter: Ihr versteht das nicht. Ich steh den ganzen Tag in der Wohnung und kümmere mich um euch, und ihr bemerkt das gar nicht.

Vater: Na ja, so ist es ja auch nicht! Jedenfalls nicht immer!

Tochter: Also, ich glaube, so ein seltsames Weihnachten haben wir noch nie gefeiert. *(Fängt an, „Stille Nacht" zu summen)*

Opa: *(Zum Vater)* Hey, was ist denn mit dir? Hier ist noch genügend Platz. Komm, ich rück noch ein bisschen zur Seite. Ich beiß nicht! Wir sind doch alle eine Familie. Ach, das ist fast so wie früher!

Vater: So! Das reicht! Packt die Geschenke bzw. die Reste alle wieder ordentlich ein. Ich finde, das hat sich wirklich gelohnt. Wir sollten jedes Jahr am achtzehnten Dezember so wie heute eine Generalprobe machen. Da weiß man doch, worauf man achten muss. Ich gehe jetzt erst mal die Heizung reparieren, damit uns so etwas hier ja nicht wieder passiert.

19. Vergrüßt

„… herzliche Grüße. Und bis bald. Dein Christoph."

Er drückte seufzend den roten Hörer auf seinem Telefon.

Puh.

Schon wieder Glück gehabt. Niemand zu Hause. Nur der Anrufbeantworter. Das hieß: kein langes Salbadern, kein emotionsgeladenes „Du! Wir haben uns echt ewig nicht mehr gesehen", sondern nur ein kurzer Gruß aufs Band. Nach dem Piep: „Hallo, hier ist Christoph, zu Weihnachten wünsche ich dir alles Gute und ein frohes neues Jahr …"

Mit einer energischen Handbewegung strich er den nächsten Namen auf seiner Liste durch. Auch erledigt! Was für ein erfolgreicher Nachmittag.

Dieses Jahr hatte Christoph im Vorfeld lange überlegt, wann seine nervigen Verwandten und sogenannten Freunde mit größter Wahrscheinlichkeit nicht ans Telefon gehen würden. Damit er die Sache mit den Weihnachtsgrüßen entspannt erledigen konnte: „… herzliche Grüße. Und bis bald. Dein Christoph."

Weihnachtsgrüße. So was Lästiges.

So. Jetzt blieb nur noch Onkel Jochen. Dann war er durch.

Ausgerechnet Onkel Jochen! Der hatte ihm im vergangenen Jahr beim Weihnachtsanruf das Ohr blutig geschwätzt. Über den geplanten Umzug. Und die Probleme mit den Kindern. Dass der Foxterrier irgendeine Allergie hatte. Und die unfassbare Schönheit des Sammelns von algerischen Münzen. Eine Stunde lang. Über algerische Münzen. Unfassbar.

Aber jetzt war Onkel Jochen im Weihnachtsgottesdienst. Die ideale Gelegenheit, um blitzschnell die Pflicht als Neffe zu erfüllen – und dann mit einem wohligen Gefühl das ganze Getue hinter sich lassen. Vielleicht würde er sich gleich einen Film angucken.

Christoph atmete einmal tief durch, wählte Onkel Jochens Handy-Nummer, freute sich über jedes verstreichende Klingeln und machte sich bereit: „Hallo, hier ist Christoph …"

In diesem Moment wurde abgehoben: „Hallo!"

Eine helle Frauenstimme? Und zwar keine, die er kannte.

Verdutzt stammelte er: „Äh … ja … äh … hallo, wer spricht denn da?"

Die Frau schwieg einen Augenblick, dann sagte sie: „Das möchte ich auch gerne wissen."

Christoph schluckte: „Sie wissen nicht, wer Sie sind?"

Sie schien ein Lachen zu unterdrücken. „Doch. Ich meine: Sie sollen zuerst sagen, wer Sie sind."

Er zuckte mit den Schultern. „Angesichts der Tatsache, dass Sie das Handy meines Onkels nutzen, habe ich ja wohl als Erster das Recht zu erfahren, mit wem ich spreche."

Aus dem Hörer kam ein Glucksen. „Nö!"

„Was? Hä? Haben Sie das Handy geklaut?"

Die Frau zögerte. „Denken Sie von Menschen immer zuerst das Schlechteste?"

Das brachte Christoph endgültig aus dem Konzept. „Jetzt sagen Sie schon: Wieso benutzen Sie das Handy meines Onkels?"

Wieder dauerte es einige Sekunden. Er hörte ihren Atem. Schließlich erklärte sie: „Wissen Sie: Ich bin spazieren gegangen. Und plötzlich hat es neben mir geklingelt. Einfach so. Auf dem Boden. Im Schnee. Da lag dieses Handy. Erst wollte ich weiterlaufen. Aber dann dachte ich: Geh doch mal ran. Ich vermute, dass das Telefon Ihrem Onkel aus der Tasche gefallen ist."

Christoph stöhnte: „O Mann. Dabei ist ihm das Ding so heilig."

„Ein Handy!"

„Das hab ich nur so gesagt. Egal. Ich glaube, er wäre Ihnen unendlich dankbar, wenn er es zurückbekäme."

Die Frau, von der Christoph angestrengt versuchte, sich ein Bild zu machen, stieß offensichtlich mit ihrem Kragen gegen das Mikrofon (Was hatte sie wohl an?), denn es raschelte schrecklich.

„Warten Sie, ich hole einen Stift aus der Tasche, dann können Sie mir die Adresse sagen, und ich schicke ihm das Teil."

Die Adresse? Onkel Jochen war doch im Sommer in seinem Viertel umgezogen. Und er stand nicht im Telefonbuch. Lehrer eben.

Christoph murmelte: „Ich habe die Adresse nicht. Jedenfalls nicht griffbereit."

„Was? Sie haben die Adresse nicht. Was ist denn das für eine Familie?"

‚Recht hat sie', dachte er, doch sie sprach schon weiter: „Ganz gleich, wo Sie die Adresse Ihres Onkels herbekommen, Sie müssen sich beeilen. Der Akku hat nur noch zwei Prozent. Gleich ist Feierabend."

„Äh, warten Sie!" Er hämmerte mit den Fingern auf den Tisch. „Sehen Sie irgendwo eine Kirche?"

Wieder eine längere Pause. Dann: „Klar. Die Lutherkirche. Sind nur rund hundertfünfzig Meter. Warten Sie mal: Ja, ich kann sogar die Orgel hören."

Auf einmal war Christoph ganz aufgeregt: „Also … mein

Onkel ist in dieser Kirche. In der Christvesper. Würden Sie mir … den Gefallen tun und gerade rüberlaufen? Das wäre ein wahrhaft christliches Werk."

Stille. „Wie heißt das Zauberwort?"

„Was?"

Sie kicherte wieder: „Kennen Sie das nicht? Es ist jetzt übrigens nur noch ein Prozent Akku."

„Ach, so …" Er räusperte sich: „Würden Sie bitte … bitte bitte bitte … das Handy in die Kirche bringen?"

„Aber gerne. Wenn Sie so gut erzogen sind. Woran erkenne ich denn Ihren Onkel?"

Christoph stieß die Luft aus: „Pff … also ungefähr eins fünfundachtzig groß, Geheimratsecken, dunkelblond … genau … und eine rote Brille … ich bete, dass er die noch hat … aber daran erkennen Sie ihn auf jeden Fall … außerdem eine Frau und zwei Töchter, fünfzehn und neunzehn Jahre."

Er hörte durch den Hörer Schritte. „Ich bin schon losgelaufen. Könnte klappen …"

„Sagen Sie mal …" Er war selbst von seinen Worten überrascht. „… warum ziehen Sie eigentlich am Heiligen Abend allein um die Häuser?"

Nach einer längeren Pause sagte sie ruhig: „Hab mich neulich von meinem Freund getrennt. Und weil ich keine Lust auf die ganze Mitleidseinladungen hatte, hab ich mich entschlossen, heute allein zu feiern. Doch dann ist mir die Decke auf den Kopf gefallen … nun … ich musste einfach mal raus."

Er biss sich auf die Lippe. „Äh … ich weiß immer noch nicht, wie Sie heißen."

Da lachte sie wieder. Laut und fröhlich.

Dann war das Gespräch weg.

Einen Tag später, als Christoph vom Fitness-Studio nach Hause kam, blinkte sein Anrufbeantworter: „Hallo, hier ist dein

Onkel Jochen. Wollte mich dafür bedanken, dass du das mit dem Handy organisiert hast. Was für eine sympathische Frau. Übrigens genau dein Alter. Und sie ist im Gottesdienst sogar bis zum Schluss geblieben.

Nebenbei: Ich hab hier ihre Visitenkarte. Nur falls dich das interessiert."

Plötzlich klang seine Stimme belustigt: „Dafür müsstest du mich aber mal anrufen. Hey, dann könnte ich dir auch erzählen, wie es meiner Sammlung algerischer Münzen geht … da hat sich nämlich einiges getan …"

20. Unter Engeln

Man sieht einen traditionellen Harfen-Laden. Ein aufgeregter junger Engel stürmt herein.

Engel: Guten Tag!

Verkäufer: Guten Tag! Herzlich willkommen. Womit kann ich Ihnen dienen?

Engel: Ich brauche … ach, ich weiß gar nicht, wie ich es sagen soll … ich bin im Auftrag des Herrn unterwegs …

Verkäufer: *(laut und überrascht)* Im Auftrag des Herrn …

Engel: Pschtt – genau! Spezialauftrag. Und da brauche ich das beste Instrument, das Sie auf Lager haben.

Verkäufer: *(neugierig)* Aber wenn ich Sie beraten soll, muss ich doch wissen, für welchen Anlass Sie die Harfe brauchen. Wenn Sie vielleicht einige Andeutungen …

Engel: *(Sieht sich misstrauisch um)* Können Sie ein Geheimnis bewahren? *(Der Verkäufer nickt)* Der Chef wird Vater!

Verkäufer: Was? Der ist doch nicht mal verheiratet. Na ja, die Zeiten ändern sich. Wissen Sie, in meiner Jugend hätte es das nicht gegeben. Wer ist denn die Glückliche?

Engel: Sie heißt Maria.

Verkäufer: Klingt nicht sehr aufregend.

Engel: Vor allem – sie ist ein Mensch!

Verkäufer: Wie bitte? Bitte nicht! Wie kann sich der Chef nur so erniedrigen? Das ist doch absurd. Was denkt er sich bloß dabei?

Engel: Ich versteh das auch nicht. Der Chef ist ohnehin so in die Menschen vernarrt. Wie ein frisch Verliebter. Säusel, säusel. Andauernd erzählt er, dass er in ihrer Nähe sein will. Und er ist viel zu gutmütig. Auf der Erde geschehen von morgens bis abends Dinge, die weder den Menschen noch dem Chef gut bekommen, aber er verzeiht ihnen – immer wieder. Und dazu soll jetzt auch der Sohn kommen.

Verkäufer: Ein Sohn … aha. Wahrscheinlich ist ihm jetzt doch der Geduldsfaden gerissen … und der Sohn soll da unten mal ein bisschen aufräumen.

Engel: Könnte sein. Aber ich fürchte eher, Gott ist zu weich geworden! Er glaubt wahrscheinlich, dass er den Menschen in seinem Sohn endlich so nah sein kann, wie er es schon immer wollte.

Verkäufer: Wie meinen Sie denn das?

Engel: Na ja, bisher ist es ja gründlich schiefgelaufen. Immer wollten die Menschen ihren eigenen Kopf durchsetzen ... es ist Gott nicht richtig gelungen, mit ihnen zu reden. Er hat zwar viel mit ihnen gesprochen, aber sie haben nur selten zugehört. Und zu ihm gekommen sind sie schon gar nicht.

Verkäufer: Ach, und jetzt will er zu ihnen ... sicher in einer mächtigen, eindrucksvollen Gestalt. Ich sehe es schon vor mir, sie werden ihn alle anbeten. Sie werden vor seiner Herrlichkeit zu Füßen liegen. Das ist doch alles, was die Menschen wollen, sie wollen Gott sehen. Sie wollen nicht einfach glauben, sondern gucken, anfassen, begreifen. Und sobald das passiert, sind sie überzeugt. Wissen Sie, wahrscheinlich ist er dann über sechs Meter groß, mit einer riesigen Strahlenkrone, acht Paar Flügeln und einer Stimme wie ein gigantischer Donner ...

Engel: ... also ... *(druckst herum)* ... so wie ich es verstanden habe, soll er eigentlich wie ein normaler Mensch aussehen.

Verkäufer: Wie einfallslos. Trotzdem: Für die Geburt von Gottes Sohn brauchen Sie unser Luxusmodell „Elite". Das passt dann sicher auch zum Ambiente. Ach, ich stelle es mir so schön vor, wenn er auf die Welt kommt: ein großer, mit Marmor und Gold verzierter Palast, in dem alles glitzert und blinkt. Heerscharen von Dienern wuseln herum, ein Rudel Hebammen wartet ehrfürchtig, und diese – wie heißt sie noch – Maria liegt in einem riesigen Himmelbett. Und um das Gebäude steht eine eindrucksvolle Palastwache.

Engel: Tolle Vorstellung. Aber wie sollen denn die Menschen hereinkommen, wenn überall Wachen stehen?!

Verkäufer: Na ja, die Fürsten und Herrscher der Welt werden natürlich hereingelassen, um das Kind anzubeten.

Engel: Also, ich habe etwas von Hirten gehört.

Verkäufer: Quatsch. Die passen wahrscheinlich auf die Reittiere der Herrscher auf. Gottes Sohn spricht doch nicht mit stinkenden Hirten.

Engel: Na, da haben Sie auch wieder recht. Wenn Gott unter den Menschen wohnt, dann braucht er auch das passende Umfeld. Ich habe mich entschieden, ich nehme dieses … äh … Deluxe-Modell.

In diesem Augenblick betritt ein zweiter Engel den Laden.

Engel 2: Hier bist du. Was willst du denn in diesem noblen Schuppen?

Engel: Na, ich wollte für die Geburt von Gottes Sohn eine neue Designerharfe besorgen.

Engel 2: Du hast wohl den Geburtsvorbereitungskurs nicht besucht? Das wird doch alles ganz anders. Der Chef hat ganz merkwürdige Pläne: eine kleine Krippe in einem zugigen, verschmutzten Stall, umgeben von Tieren …

Engel: Sprechen wir vom gleichen Sohn Gottes?

Engel 2: Ja, er soll eben hundert Prozent Mensch sein!

Engel: Haha, das ist doch alles Show! Welcher Mensch wird schon in einer Krippe geboren? Und wer von den wichtigen anderen Menschen wird zu einem zugigen Stall kommen?

Engel 2: Das ist eben das Geheimnis: Jesus, also: Gottes Sohn, geht selbst zu allen hin. Und da, wo er hinkommen wird, finden die Menschen ein Zuhause.

Verkäufer:	Dann stimmt das also mit den Proleten, diesen stinkenden Ziegenhütern.
Engel 2:	Es sind Schafhirten. Aber keine Sorge, Könige kommen auch.
Verkäufer:	Na, Gott-sei-Dank! Immerhin etwas. Aber: Heißt das auch, Jesus wird nicht alles umkrempeln?
Engel 2:	Doch, das wird er, aber anders als Sie denken. Den Sohn Gottes lieben, heißt dann nicht, ein alter Mensch in einer neuen Welt zu sein, sondern ein neuer Mensch in einer alten Welt zu sein!
Verkäufer:	Trotzdem. Vielleicht überlegt sich der Chef ja für das nächste Kind ein bisschen was Eleganteres … zumindest Passenderes. Sie sollten sich dieses edle Instrument wenigstens einmal anhören. Ich rufe mal gerade unsere Frau Serafina, die spielt ihnen was vor.
Engel 2:	Tut mir leid, wir müssen leider weg!
Engel:	Ach komm, hören kostet ja nichts.

21. Atmosphärische Spannungen

Rumms! Es klang, als wäre ein schwerer Mehlsack aus großer Höhe auf den Boden geknallt. Direkt neben das Feuer. Eher ein Schlag als ein Geräusch.

Allerdings fing der Sack an zu sprechen. Genauer gesagt, zu fluchen: „So ein Mist. Vergammeltes Manna noch eins! Ich fass es nicht."

Argwöhnisch betrachtete Anschel den ächzenden Haufen.

„Hallo? Alles in Ordnung?"

Der Mehlsack richtete sich auf, schüttelte den Staub von seinem Gewand und sah in der nur vom Feuer erhellten Nacht sehr aufgewühlt aus.

„O Mann, ausgerechnet heute. Atmosphärische Spannungen – und ich habe mir den Flügel verstaucht. Das brennt total."

„Was?"

Die Gestalt schien Anschel überhaupt nicht zuzuhören.

„Ich vermute ja stark, dass Gabriel dahintersteckt. Der ist doch bloß neidisch, dass ich die Botschaft verkünden darf und nicht er, diese eitle Riesenmotte."

„Sag mal, wovon redest du überhaupt?"

Der seltsame Besucher tastete ungelenk seinen Rücken ab. Es sah reichlich bescheuert aus. Als wolle er sich selbst umarmen.

„Du da! Ich spreche mit dir!"

Anschel hatte gerufen. Ungewollt.

„Psst, nicht so laut. Beherrsch dich. Das ist eine ganz besondere Nacht, eine heilige Nacht. Was machst du überhaupt noch hier?"

Der Gefragte zuckte mit den Schultern. „Wieso? Heißt das etwa, du weißt, wo meine Freunde sind? Ich meine: Ich habe heute Nachmittag nämlich eine kranke Tante besucht, und als ich zurück auf die Felder kam, hierher, da waren die ganzen Schafherden mit den Hunden allein. Kein Mensch weit und breit. Unfassbar. Das geht doch gar nicht."

Die Gestalt drehte sich um und kam rückwärts auf Anschel zu gelaufen.

„Guck mal, ob da was gebrochen ist. Tut höllisch weh."

Verdutzt entdeckte Anschel auf dem Rücken des Wesens zwei große Flügel, die ein wenig zerzaust herunterhingen.

„Erst, wenn du mir sagst, was hier los ist."

„Bist du ein Hirte! So ein richtiger?"

„Ja!"

„Och nee."

Anschel trat einen Schritt zurück.

„Wieso, das ist ein ehrenwerter Beruf. Mose war auch Hirte. Und Aaron. Und David. Ja, König David hat hier auf diesen Feldern schon vor tausend Jahren Schafe gehütet. Das ist eine ganz besondere Gegend."

„Ach, was du nicht sagst." Zum ersten Mal schien ihn die Gestalt anzuschauen. „Da hast du also den großen Auftritt meiner Kollegen verpasst. Dumm gelaufen, was? Sag mal, hast du keine Angst vor mir? Ich bin immerhin ein Engel."

Anschel lachte.

„Warum sollte ich?"

Der Besucher stellte sich näher ans Feuer.

„Tja, stimmt. Der andere, der deine Kollegen beglückt hat, war ja von der Herrlichkeit Gottes umgeben. Von der Klarheit des Herrn, wie es so schön heißt. Da kann einem schon mal angst und bange werden. Außerdem hatte er, glaube ich, eine Kompanie himmlischer Heerscharen bei sich. Die ganz große Nummer also. Ich dagegen spiele ja immer den sanften Boten."

Der Hirte warf dem Gast einen Apfel zu. „Bitte schön! Und falls du mir endlich erzählen willst, was hier vor sich geht: Ich bin ganz Ohr!"

„Kannst du singen?"

Anschel schüttelte den Kopf.

„Kein bisschen!"

„Mist. Los, sing mal was!"

Überrumpelt krächzte der junge Mann: „Von allen Seiten umgibst du mich, o Herr, o Herr …"

„Schluss. Das ist ja grauenhaft. Wie kann man nur so unbegabt sein. Aber egal. Du wirst es trotzdem bringen müssen."

Anschel, der selbst gerade herzhaft in einen Apfel gebissen hatte, grinste mit vollem Mund. „Ich musch gar nischts."

„Hör mal zu, du zurückgebliebener Typ. Deine Freunde haben vorhin die rettende Botschaft Gottes vernommen, dass heute Nacht in Bethlehem der Messias geboren wurde. Deshalb sind sie alle zum Stall hinter dem Hof in der Senke gerannt.

Und mein Auftrag ist es, den Eltern des Neugeborenen ebenfalls zu verkünden, dass Gott sie und die Welt durch dieses Kind unfassbar segnet."

Er richtete sich ein wenig auf.

„Ich wurde auserwählt, als Engel im Stall die frohe Botschaft zu verkünden. Gab ganz schöne Diskussionen in den Gremien. Kannst du mir glauben. Ein langwieriges Auswahlverfahren. Und nun hänge ich hier und kann mich nicht mehr bewegen.

Aber irgendeiner muss Maria und Josef die frohe Botschaft verkünden. Also gehst du. Ich kann ja nicht, wie du siehst."

Anschel gähnte.

„Ich darf die Herden nicht allein lassen."

„Mann. Gott ist doch so eine Art guter Hirte. Deinen Viechern wird schon nichts zustoßen. Aber da hinten ..."

Der junge Hirte legte seinen Kopf schräg. Bedächtig.

„Was hätte ich davon?"

„Sag mal, bist du total bescheuert? Du darfst als einer der ersten Menschen den Retter des Universums begrüßen. Hier geht es um das Heil der Welt."

„Das glaube ich gern. Nur: Was habe ich mit dem Heil der Welt zu schaffen?"

Für einen kurzen Moment entglitten dem Engel die Gesichtszüge. Völlig entgeistert blickte er Anschel an. Dann murmelte er entsetzt: „Tja, könnte sein, dass genau das unser Problem ist. Jeder hat mit dem Heil der Welt zu schaffen, aber kaum einer merkt es."

Er hob schicksalsergeben die Hand.

„Also, pass auf. Die Botschaft muss auf jeden Fall beim Kind noch einmal ausgerufen werden. Ich ... also ... ich spendiere dir drei Schafe, wenn du jetzt für mich in den Stall dort hinten läufst und den Eltern des Neugeborenen, Maria und Josef Folgendes verkündest ..."

Zwanzig Minuten später starrten acht Hirten verblüfft ihren zu spät gekommenen Kameraden an, der sich unbeholfen vor die Krippe mit dem Baby stellte und kommentarlos anfing zu singen.

Unfassbar schief.

Erbarmungslos schräg.

Aber dafür laut und hingebungsvoll.

Mit weit aufgerissenen Augen.

Anschel plärrte die Botschaft, die sie auch schon auf dem Feld vernommen hatten – aber aus seinem Mund klang sie irgendwie anders:

„Habt keine Angst!
Jetzt nicht und nie mehr.
Denn heute ist ein echter Tag zum Feiern.
Ja, ich verkünde euch eine unfassbare Freude,
die jede Frau und jeder Mann erfahren kann.
Für uns wurde nämlich der Retter geboren,
für dich und für mich,
der langersehnte Gesandte Gottes.
Ja, in ihm kommt Gott selbst zu uns,
hier, in der heiligen Stadt Davids.
Dafür lasst uns den Schöpfer ehren,
denn er bringt Frieden auf die Erde –
allen, die seine Liebe annehmen wollen.
Oder so ähnlich!"
Es war schrecklich …
… schrecklich schön.

Angeblich hatte Maria Angst, dass ihr Neugeborenes von dem Lärm aufgeweckt wird.

Doch das Erstaunliche war: Erst jetzt, da es ihnen einer der ihren vorsang, verstanden die Hirten wirklich, was ihnen der Verkündigungsengel auf dem Feld da mit viel Glanz und Gloria verheißen hatte.

Vor lauter Aufregung merkten sie gar nicht, dass zu Anschels Füßen auf einmal drei Schafe blökten.

Und sie sahen auch den kleinen Engel nicht, der grinsend im Gebälk saß und sich fröhlich ins Fäustchen lachte.

22. Wie im Traum

„Jetzt aber schnell."

Der Vorsitzende des Kirchenvorstands öffnete die rostige Tür, die von der Sakristei in den Kirchgarten führte, und brachte den laut stöhnenden Pfarrer nach draußen, wo auf der Wiese schon ein BWM mit laufendem Motor stand. Die Xenon-Scheinwerfer des Wagens strahlten unwirklich in die fahle Nacht.

„Wir bringen ihn direkt ins Krankenhaus. Bitte erklären Sie den Leuten, was passiert ist … ja?"

„Ich? Äh … gut. Was ist mit seiner Predigtmappe …", rief der verdutzte Küster, als er sah, dass Pfarrer Dr. Wagner sein lilafarbenes Ringbuch noch an sich drückte, als wolle er sich daran festhalten.

Doch die Frage verhallte im dumpfen Zuschlagen der Autotüren. Möglicherweise hatte der Theologe auch beim Einsteigen einen weiteren Schmerzenslaut von sich gegeben, der die Aufmerksamkeit seiner Begleiter ganz in Anspruch genommen hatte.

Wie dem auch sei: Es kam keine Antwort.

Gedankenverloren schloss Tobias den Zugang zur Sakristei wieder ab.

„Na toll."

Der Küster betrachtete einen kurzen Moment die zwanzig ehemaligen Pfarrer der Kirchengemeinde, die ihn griesgrämig aus ihren verblichenen Bilderrahmen anstarrten.

„Ich wette, so was hat es zu eurer Zeit nicht gegeben."

Und jetzt?

Hinter der Wand saßen rund dreihundert Gottesdienstbesucher und warteten begierig auf die Weihnachtspredigt.

Und Pfarrer Dr. Wagner ... tja, der war wenige Minuten zuvor wie in jedem Gottesdienst nach der Lesung und dem Hauptlied in der Sakristei verschwunden, um von dort aus die steile Treppe auf die Kanzel hinaufzusteigen, die hoch über dem Altar thronte.

Nur war er diesmal ...

... ausgerutscht ...

... irgendwie ...

... runtergefallen ...

... mit dem lauten Aufschrei „Scheiße", der trotz der Holzwand die ganze Kirche erfüllt hatte.

Wie gesagt: Dr. Wagner war gestürzt ...

... wahrscheinlich mehrere Stufen hinunter ...

... und offensichtlich so unglücklich aufgekommen, dass er sich den Fuß oder den Knöchel gebrochen hatte.

Zumindest behauptete das der Vorsitzende des Kirchenvorstands, der zwar als Gynäkologe praktizierte, aber trotzdem schnell mit einer allgemeinen Diagnose bei der Hand war.

„Komplizierter Splitterbruch. Muss sofort operiert werden."

Durch die Wand war jetzt das Gemurmel der Menschen zu hören. Natürlich. Sie hatten ja alle den unweihnachtlichen Schreckensruf gehört.

Und nachdem die Organistin geistesgegenwärtig nacheinander alle fünfzehn Strophen von „Vom Himmel hoch, da komm ich her" und alle zwölf Strophen von „Fröhlich soll mein Herze springen" intoniert hatte, war selbst dem letzten Gottesdienstbesucher klar geworden, dass hier etwas nicht stimmte.

Langsam stieg Tobias die abgetretenen, speckigen Stufen hoch. Er öffnete die schmale Holztür am Treppenabsatz und trat hinaus auf die Kanzel.

Schlagartig wurde es still in der Kirche.

Mucksmäuschenstill.

Dreihundert Augenpaare richteten sich auf den Küster. Ein verwirrendes Gefühl. Davon hatte er schon ein paarmal geträumt. Aber es waren keine angenehmen Träume gewesen.

Tobias musste schlucken.

Dann sagte er über das etwas blechern klingende Mikrofon: „Pfarrer Dr. Wagner ist gerade gestürzt und hat sich verletzt. Vermutlich ein Bruch. Zwei Leute vom Kirchenvorstand fahren ihn jetzt in die Klinik … Nun, … dummerweise hat er auch seine Predigtmappe mitgenommen … also, ich fürchte, dass es heute leider keine Predigt geben wird … aber zum Glück haben Sie die Weihnachtsgeschichte ja schon in der Lesung gehört … dann wünsche ich Ihnen noch einen gesegneten Heiligen Abend … und wir singen halt noch ein Lied."

Der Küster wollte sich schon umdrehen, als jemand von der Empore rief: „Aber was bedeutet sie?"

Verdutzt blickte Tobias auf, konnte aber den Rufer im Halbdunkel nicht erkennen. „Äh, wer denn?"

„Na, die Weihnachtsgeschichte. Was bedeutet sie für uns heute? Wir können doch jetzt nicht einfach nach Hause gehen. Das geht wirklich nicht."

Zustimmendes Gemurmel aus den Reihen.

„Genau."

Dann wieder ein Augenblick der Stille.

Der scheue Mann auf der Kanzel zuckte mit den Achseln. „Woher soll ich das wissen? Pfarrer Dr. Wagner hat ja zu Beginn gesagt, dass er heute über Weihnachtsträume sprechen wollte ... also ... ich meine ..."

Plötzlich hob er trotzig den Kopf. „... was ... was ist denn für Sie ein echter Weihnachtstraum?"

Die Frage hing erwartungsvoll im Raum.

Kurze Zeit rührte sich niemand. Dann stand im vorderen Teil der Kirche ein etwa vierzehnjähriges Mädchen auf. „Dass ich keine Angst mehr haben muss ... Wie das der Weihnachtsengel auf dem Feld den Hirten verkündet: Fürchtet euch nicht. Das ist mein Weihnachtstraum. Keine Angst mehr. Weil Gott stärker ist als jede Furcht."

Einige klatschten.

Gleich darauf erhob sich ein älterer Herr an der Seite. „Mein Traum ist, dass jeder persönlich erfährt, dass Gott für ihn Mensch geworden ist. Weil das zeigt, wie wertvoll wir für Gott sind."

Er hatte sich noch nicht wieder hingesetzt, als ein glatzköpfiger Mann die Stimme erhob. „Friede auf Erden. Das verkündet der Engel doch auch. Das ist mein Traum. Ich glaube nämlich, dass das geht, wenn man die Botschaft Jesu ernst nimmt. Aber um ehrlich zu sein: Meist schaffe ich es selbst nicht. Das mit dem Frieden. Aber schön wäre es."

Wieder wurde geklatscht.

Eine erzählte von ihrer Sehnsucht, angenommen zu werden, einer davon, dass das kleine Kind in der Krippe ihn immer wieder an die Zerbrechlichkeit des Lebens erinnere und wie sehr man es schützen müsse, während ein anderer ruhig berichtete, wie nach seiner Scheidung alles um und in ihm zerbrochen war und ihn sein Glaube durch alles Elend getragen hatte. Er träume von einem Neuanfang.

Es war, als wäre ein Damm gebrochen. Immer mehr Menschen meldeten sich, weil auch sie ein Bedürfnis hatten, ihren Weihnachtstraum zu erzählen.

Irgendwann bat dann eine Frau mit schütterem Haar ums

Wort. Sie trat aus der Bank heraus und stellte sich an eine Säule: „Vielleicht ist das ja die große Weihnachtsbotschaft: All unsere Träume müssen keine Träume bleiben. Sie können Wirklichkeit werden, weil Gott sich uns zuwendet. Daran glaube ich. Und ich freue mich, dass ich heute Abend nicht alleine sondern mit Ihnen zusammen feiere ... Das ist nämlich mein Traum: Dass wir wie die Heilige Familie erleben, dass ein Stall zum Glücklich-Sein genügt, wenn man Gott bei sich hat."

Bevor noch jemand anfangen konnte zu sprechen, fragte Tobias über das Mikrofon: „Verstehe ich das richtig: Sie sind heute Abend allein?"

Die Frau zuckte zusammen. Ein wenig beschämt erklärte sie: „Meine Kinder kommen diesmal leider erst am zweiten Weihnachtsfeiertag ... Das ging nicht anders ..."

Tobias unterbrach sie: „Entschuldigen Sie bitte ... wer hier in der Kirche ist denn heute Abend noch allein zu Haus ...?"

Nach und nach gingen die Finger nach oben.

Unfassbar. Unter den dreihundert Menschen, die sich in der Kirche drängten, waren über vierzig, die den Heiligen Abend nicht mit ihrer Familie oder mit Freunden verbrachten. Erstaunlicherweise meldeten sich auch einige Ehepaare, für die sich ihre Zweisamkeit an diesem Abend anscheinend auch nicht weihnachtlich genug anfühlte.

Der Küster auf der Kanzel musste plötzlich lächeln. „Dann habe ich eine Frage: Wer von den Übrigen wäre denn bereit, heute Abend, am Heiligen Abend, noch ein oder zwei Leute mit zu sich nach Hause zu nehmen? Für, sagen wir ... zwei Stunden. Damit sich in unserer Gemeinschaft niemand allein fühlen muss."

Die Gottesdienstbesucher schauten einander erstaunt an. Einige Familien steckten die Köpfe zusammen, offensichtlich, um sich zu beratschlagen.

Und dann kamen die ersten Meldungen. Zögernd erst noch.

Doch dann immer mutiger. Hier eine. Dort eine. Dort noch eine. In jener Bank gleich zwei. Begeistert erhobene Hände über strahlenden Gesichtern.

Am Ende erklärten sich so viele Familien bereit, Gastgeber zu sein, dass alle Alleinstehenden einen Tisch fanden, an dem sie nach dem Gottesdienst mitfeiern konnten.

Und dann sangen die Leute in der Kirche noch zusammen „O, du fröhliche".

Tobias bekam zwischen den Jahren viele Briefe. Und in jedem stand: „Das war die schönste Weihnachtspredigt, die wir je erlebt haben."

23. Das purpurfarbene Tuch

Hannah strahlte. Über beide Ohren. Dann hielt sie das Tuch in die Sonne, um zu sehen, wie es vom Wind emporgehoben wurde. Und wie es glitzerte. Purpurfarben. Genau so ein Tuch hatte sie sich immer gewünscht. Sie war fassungslos vor Freude und staunte ihr Geschenk lange an.

„Aber warum? Ich habe nicht Geburtstag. Es ist kein Feiertag. Und besonders lieb war ich auch nicht."

Sie dachte an die große Tonschüssel, die gestern heruntergefallen war, weil sie vor lauter Übermut zu wild in der Küche herumgetobt hatte. Und an den hübschen Halbedelstein, der beim Spielen verloren gegangen war.

Ihre Mutter lachte. „Nun. Es ist sozusagen eine Belohnung im Voraus. Du weißt doch, dass wir heute unglaublich viele Gäste bekommen. Und da brauchen Papa und ich jede Hilfe, die wir kriegen können. Auch deine. Nachher wird es sicher sehr hektisch – und dann wäre es schön, wenn du uns einfach überall unter die Arme greifen würdest. Und wenn du ..." Sie guckte schelmisch: „... nicht erst über alles mit mir diskutierst, sondern einfach machst, was ich dir sage. Meinst du, du schaffst das? Ausnahmsweise?"

Hannah strahlte schon wieder. „Natürlich. Und ... darf ich mein neues Tuch den ganzen Tag umlegen?" Ihre Augen waren weit aufgerissen.

„Natürlich. Was dachtest du denn? Meine Tochter soll das schönste Mädchen der ganzen Stadt sein."

Hannahs Mutter behielt recht: Ab Mittag strömten die Gäste aus allen Richtungen herbei, und es gab für jeden im Haus genug zu tun. Die Reisenden wollten empfangen werden, ihren Durst mit einem Begrüßungstrunk löschen, sich den Schmutz vom Weg abwaschen, ihre Zimmer beziehen und die Tiere in den Stall bringen lassen.

Hannah sprang von hier nach da und von links nach rechts, reichte volle Becher, räumte leere Teller weg, spülte, schüttelte Betten auf, führte Esel umher – und streichelte dabei immer wieder liebevoll ihr purpurfarbenes Tuch. Was für ein Geschenk. Eine ältere Frau mit dunklen Haaren, die sie dabei beobachtete, sprach sie sogar an: „Das ist ja wirklich ein wunderschönes Tuch."

Die Reisende kam herüber und fasste den Stoff an. „Wie schön! Das nenne ich mal Qualität. Du musst ein ganz besonderes Mädchen sein."

Hannah konnte nichts sagen. So glücklich war sie. Ein großes Lächeln machte sich in ihr breit und verdrängte auf einmal all die Angst und Unsicherheit, die sich da angesammelt hatten. Jetzt würde niemand mehr auf sie herabschauen. Und diese dämlichen Jungen, die immer so taten, als wüssten sie alles besser, ja, als wären sie unendlich stark und unbesiegbar ... die würden jetzt schon sehen, nach wem sich die Leute umdrehen. Nach diesem „ganz besonderen Mädchen", wie die Frau gesagt hatte.

Ihre Mutter konnte gar nicht wissen, wie wichtig dieses Tuch für Hannah war. Sie hatte sich nämlich gegenüber den anderen Mädchen immer so … ja, so normal gefühlt. Nichts an ihr war besonders gewesen. Während ihre Freundinnen alle in irgendetwas die Beste waren – im Springen, Tanzen, Rechnen, Singen, Basteln oder Lesen –, war sie immer nur gewöhnlich gewesen. Bis jetzt. Dieses Tuch machte sie außergewöhnlich. Wie herrlich.

„Hannah! Träumst du?" Ihre Mutter hielt ihr eine Tasche hin. „Die muss unters Dach. Und bring bitte auf dem Rückweg gleich die Salbe mit. Einer der Männer hat sich auf dem langen Weg den Fuß aufgeschürft."

Das Mädchen lief gedankenverloren los.

„Hannah! Zur Treppe geht es da lang. Du läufst ja in die falsche Richtung. Was ist denn bloß mit dir los?"

Da rannte Hannah noch einmal zurück, umarmte ihre Mutter und sagte leise: „Ich bin so glücklich über das Tuch. Eben hat eine Frau zu mir gesagt: Ich sei etwas ganz Besonderes, weil ich dieses Tuch habe. Toll, oder?"

Die abgeschaffte Frau hob die Hand und gab ihrer Tochter einen Klaps. „Das freut mich, dass ich das Richtige gekauft habe. So, und jetzt geh."

Fröhlich sprang das kleine Mädchen von dannen.

Zwei Stunden stand Hannah am Brunnen und zog den Eimer gerade zum dritten Mal hoch, als ein verspätetes Paar langsam durch das Tor kam: Der Mann führte einen bräunlichen Esel hinter sich her, auf dem seine zusammengesunkene Frau saß. Hannah musste genauer hinsehen, dann erkannte sie, warum sich die Kleider der Frau so beulten. Sie war hochschwanger.

Angestrengt hob der Mann seine Hand. Dann lächelte er kurz: „Du hast aber ein schönes Tuch um. Kannst du bitte deinen Vater holen?"

Aber Hannahs Vater hatte die fremde Stimme im Hof schon

gehört und stand im Türrahmen. „Guten Abend. Was kann ich für euch tun?"

„Wir brauchen ein Zimmer."

Der Wirt schüttelte traurig den Kopf: „Tut mir leid. Es ist alles voll. Wir haben sogar unser Bett und die Schlafplätze der Kinder vermietet. Ich kann euch rein gar nichts anbieten."

„Aber meine Frau ist schwanger. Und es haben schon die ersten Wehen eingesetzt. Es muss doch irgendeinen Platz geben. Bitte! Wir waren schon in allen Gasthäusern des Ortes. Du bist unsere letzte Hoffnung."

„Aber wenn ich doch kein Zimmer mehr …"

„Papa, was ist mit dem alten Stall hinten bei den Zedern?" Hannah hob fragend die Schultern. „Da haben sie wenigstens ein Dach über dem Kopf. Und der Ochse strahlt ein bisschen Wärme ab."

„Hannah, ich glaube kaum, dass dieses Paar sein Kind in einem Stall bekommen möchte."

Da richtete sich die Frau auf dem Esel zum ersten Mal auf und sagte leise: „Besser als am Straßenrand. Gott wird schon dafür sorgen, dass mein Kind das Licht der Welt erblickt."

Hannahs Vater zeigte nach Norden. „Also gut. Es sind nur achtzig Meter dort entlang. Mir soll es recht sein. Hannah wird euch gleich noch ein paar Decken und etwas zu essen bringen. Wenn ihr sonst noch etwas braucht, sagt es ihr einfach."

Der Mann bedankte sich und führte den Esel ums Haus.

Zwei Stunden später erhielt Hannah die schmerzhafteste Ohrfeige ihres Lebens. Ihre Mutter stand wütend vor ihr und tobte: „Wo warst du? Ich habe die ganze Stadt nach dir abgesucht, obwohl Papa mich dringend im Gastraum braucht. Du kannst doch nicht einfach verschwinden. Was fällt dir eigentlich ein?"

Hannah bemühte sich mit aller Kraft, ihre Tränen zu unterdrücken. Trotzig sagte sie: „Ich habe genau das gemacht, was

Papa mir gesagt hat. Ich habe dem Paar im Stall das gebracht, was sie brauchten. Ich habe die Oma von Benjamin geholt, weil die weiß, wie man Kinder auf die Welt bringt. Und dann brauchten sie ein Messer und …" Jetzt fing sie doch an zu weinen.

Ihre Mutter schluckte: „Das Paar im Stall. Das hatte ich ganz vergessen. Du warst bei ihnen. Ist das Kind denn schon da?"

Hannah nickte eifrig. „Es ist ein Junge! Sie haben ihn Jesus genannt."

Die Frau rieb sich die Augen. „Entschuldige. Entschuldige, dass ich dich geschlagen habe. Es war ein langer Tag. Geh jetzt ins Bett. … Nebenbei: Wo ist denn eigentlich das teure Tuch, das ich dir geschenkt habe? Du hast es doch nicht etwa verloren?"

Das Mädchen zögerte einen Moment, weil es nicht wusste, ob seine Mutter wieder zornig werden würde. „Mama, das kleine Baby, das brauchte doch eine Windel. Und die Frau hatte keine dabei. Da habe ich ihr das Tuch geschenkt."

Als Hannah sah, dass kein Wutausbruch folgte, fügte sie noch schnell hinzu: „Der kleine Jesus hat eine purpurfarbene Windel. Lustig, oder?"

Da drückte die Mutter sie fest an sich: „Du bist ein ganz besonderes Mädchen."

24. Stille Nacht

Im Bruchteil einer Sekunde war Angelika hellwach. Vielleicht, weil sie noch gar nicht richtig geschlafen hatte. Kein Wunder. Ihr Kopf dröhnte, und ihre durcheinanderwirbelnden Gedanken wollten einfach nicht zur Ruhe kommen. Was vermutlich daran lag, dass sie den Weihnachtstag noch nie als so stressig empfunden hatte wie heute.

O Mann. Einkaufen, Kochen, Staubsaugen, Tischdecken, Baumschmücken, Krippenspiel besuchen, Flötenduette ertragen, Glöckchen bimmeln lassen, Weihnachtsgeschichte lesen, Bescherung, Essen, Eis, Geschenkpapier entsorgen, Tisch abräumen und … und … und …

Tja, und als die Kinder gegen dreiundzwanzig Uhr todmüde und mit Schokokeksen und Vanillekipferln überfüttert ins Bett gefallen waren, da hatte sie noch eine geschlagene Stunde lang die Küche auf Vordermann gebracht. Wie immer. Schrubben, Spülen und Wischen.

Doch selbst dann war nicht Schluss gewesen: Kaum war sie völlig fertig ins Bett gestolpert … hatte Georg angefangen, sie zu streicheln. Zärtlich und fordernd zugleich. Weil das doch eine so einzigartige Nacht sei, die „Nacht der Liebe".

Sie hatte ihn einfach machen lassen. „Fröhliche Weihnachten"? Von wegen!

Und morgen … morgen früh würde Georgs gesamte Sippschaft zum Weihnachtsbrunch anrücken – inklusive seiner beiden äußerst anstrengenden Schwestern mit ihren Familien. Himmel hilf! Spätestens beim Dessert oder beim Kuchen würde eine der beiden wie jedes Jahr einen sinnlosen Streit vom Zaun brechen oder schmollend in der Ecke hocken.

Herrliche Aussichten. Aber konsequent. Schließlich war auch die gesamte Adventszeit alles gewesen, nur eines nicht: besinnlich.

Warum war sie hochgeschreckt? Einen Augenblick musste Angelika sich sammeln. Richtig, sie hatte ein Geräusch gehört. Nein, kein Geräusch. Eine … eine Melodie. Ja, sogar ein richtiges Lied … ein Weihnachtslied.

Mitten in der Nacht? Angelika schaute auf den Wecker, dessen fluoreszierende Zeiger einen matten grünlichen Schimmer auf die Bettdecke warfen. Ein Uhr zweiundvierzig.

War etwa eines der Kinder um diese Zeit zurück zum Tannenbaum geschlichen, um mit den Geschenken zu spielen? Im Dunkeln? Wohl kaum.

Immer noch klangen die sanften Töne wehmütig durch den Flur ins Schlafzimmer. Ein Einbrecher? Nee, auch nicht, die machten doch keine Musik an. Und schon gar nicht „Stille Nacht, heilige Nacht".

Angelika stieg aus dem Bett, streifte ihren lavendelfarbenen Bademantel über und lief auf Zehenspitzen hinüber ins Wohnzimmer, um den geheimnisvollen, nächtlichen Klängen in ihrer Wohnung auf den Grund zu gehen.

Und musste plötzlich grinsen.

Laut atmete sie aus.

Natürlich.

Georg hatte ihr zu Weihnachten eine Spieluhr geschenkt. Erzgebirgisches Kunsthandwerk. Eine mit Sternen übersäte Weltkugel, über der sich fünf kleine geschnitzte Engel drehten. Jedes dieser pummeligen Engelchen saß auf der Sichel eines Mondes und spielte ein Instrument: Flöte, Geige oder Trompete. Und ganz oben zogen zudem ein paar Glöckchen ihre Bahn.

„Sieh genau hin!", hatte Georg geflüstert, „das sind die besonderen Engel mit elf weißen Punkten auf den grünen Flügeln." Und dann hatten sie gemeinsam nachgezählt.

Sogar für die Kinder war die filigrane Spieluhr anfangs anziehend gewesen. Sie hatten sie mehrere Male begeistert laufen lassen, dann aber entdeckt, dass ihr neues Computerspiel, bei dem man selbst einen gigantischen Zoo (inklusive eines Dinosaurier- und eines Monster-Geheges) aufbauen konnte, doch noch um einiges faszinierender war.

„Fünf Engel für meinen Engel." Das hatte Georg nett gesagt. Aber in der Küche geholfen hatte er trotzdem nicht.

Angelika tastete in der Dunkelheit nach den Streichhölzern. Die mussten doch hier irgendwo auf der Anrichte sein. Genau. Neben der Karaffe.

Ohne lang nachzudenken, zündete sie die Kerzen am Weihnachtsbaum an. Die neuen, die sie schon als Vorbereitung für das Familientreffen am nächsten Tag in die Ständer gemacht hatte.

Schön sah das aus.

Dann schaute sie sich die Spieluhr noch einmal genau an. Ach so! Na klar! Der Stift, mit dem das Federwerk angehalten werden konnte, war nicht richtig reingedrückt. Vermutlich war die Spieluhr stark aufgezogen gewesen – und deshalb mitten in der Nacht noch einmal losgegangen. Hatte sie zurück an die Krippe gelockt.

Als die Musik zu Ende war, drehte Angelika den Aufziehschlüssel an der glänzenden blauen Kugel fast andächtig im Uhrzeigersinn, bis die Feder erneut ganz gespannt war.

Wieder und wieder erklang die Melodie von „Stille Nacht". Wohltuend. Weich. Und voller Sehnsucht.

Leise summte sie mit: „Alles schläft, einsam wacht nur das traute …"

Nein, nicht „nur das traute, hochheilige Paar". Auch sie, Angelika, war noch wach. Als Einzige im Haus.

Auf einmal …

… auf einmal fühlte es sich an, als nähme die zarte Melodie all die wirren Gedanken, all die Bedenken Angelikas und all ihre Ängste mit sich. Als hinge an jeder Note eine kleine Sorge und flöge hinaus ins Nichts. Weil doch die Engel verkündet hatten: „Fürchtet euch nicht!"

Später hätte Angelika nicht mehr sagen können, ob nur ihre Müdigkeit oder eine echte geistliche Erfahrung dahintersteckte, aber für einen unfassbar trostvollen Moment erkannte sie, was mit „Frieden auf Erden" wirklich gemeint war. Denn jetzt war alles ruhig in ihr. Ganz ruhig. Friedvoll und entspannt.

Als sich zwei starke Arme von hinten um sie legten und sie bettwarm umfingen, flüsterte sie nur: „Psst. Sag nichts, Georg. Sie hat gerade erst begonnen … meine heilige Nacht."

Dann nahm Angelika noch einmal die wundervolle Spieluhr, in deren Lack sich die Kerzen des Weihnachtsbaums spiegelten, zog sie auf und hielt sie vor sich. Mit ausgestreckten Armen.

„Stille Nacht, heilige Nacht …"

Das sangen die Engel und drehten sich sacht im Kreis.

25. Federleicht

Tiamat, meine geliebte Gefährtin,
Du sanfter Wind von den Hängen des Zagros,
sprudelnde Quelle meiner Lebenslust
und Erfüllung meiner tiefsten Sehnsucht,

ich schreibe dir, weil du dich weiterhin weigerst, mit mir zu sprechen. Darum: Tu mir bitte den Gefallen, und lies diesen Brief bis zum Ende, damit du verstehst, wie es zu alldem gekommen ist.

Zuallererst: Es tut mir so leid.

Vergib mir!

Und lass mich möglichst bald in unser Haus zurückkehren. Auf den Straßen tuscheln sie nämlich schon: „Melchior musste sein Heim verlassen, weil Tiamat getobt hat." Was sollen die Leute denn bloß denken? Wir beide waren doch immer so glücklich zusammen.

Nun: Ich kann verstehen, dass du wütend bist. Ja, ich war lange weg. Zu lange. Viel zu lange. Wochen. Nein, Monate. Einige Monate sogar. Aber musstest du mich bei meiner Rückkehr deswegen so anfauchen? So voller Wut und Abscheu.

Und ja, wie Männer so sind, hatte ich gehofft, dass Du mich am ersten Abend nach meiner Reise zärtlich auf unser Lager ziehst, damit ich das, was sich in der langen Zeit an Wollust in mir angestaut hat, in unserer Umarmung verströmen kann. Da hatte ich mich wohl geirrt.

Und ja, ich habe das Gold, das wir für Notfälle aufgespart hatten, mitgenommen und es in der Fremde einem Säugling geschenkt. Vielleicht hätte ich das nicht gleich zu Beginn meines Berichts erwähnen sollen. Aber du hast mich ja leider nicht ausreden lassen, sonst hätte ich dir erklären können, was es mit diesem Kind auf sich hatte und warum ich das tun musste.

Oder bist du wirklich nur deshalb so aufgebracht, weil ich dir keine teuren Geschenke mitgebracht habe? Könnte das sein? Nun, ich weiß, wie sehr du Geschenke liebst. Edelsteine, feine Stoffe und kostbare Salben. Und als ich dir mein ... wie soll ich es nennen ... Mitbringsel in die Hand gedrückt habe, da hast du es nur verächtlich auf den Boden geworfen und laut herumgebrüllt. Zutiefst erschüttert.

„Eine Feder? Du warst eine Ewigkeit weg und alles, was du mir mitbringst, ist eine lausige Feder? Und noch dazu so eine winzige. Wenn es wenigstens Federn von einem Strauß oder einem Pfau wären. Aber dieses kleine Ding da ... wo hast du das denn aufgelesen? Mehr bin ich dir nicht wert? Verschwinde, ich will dich in unserem Haus nicht mehr sehen. Raus!"

Tiamat. Ich muss dir erzählen, was es mit dieser Feder auf sich hat. Und hoffe, dass du mir dann vergeben kannst und mich wieder in Frieden annimmst. In unserem Haus, in deinem Leben und in deinen Armen.

Gerade fällt mir ein, dass du schon bei meinem Aufbruch sehr erbost warst und mich mehrfach zur Rede stellen wolltest: „Was hast du gesehen? Ein Zeichen? Im Westen? – Melchior, bitte! Du bist Wissenschaftler. Ein Forscher. Du glaubst an

Zahlen und Messungen. Erzähl mir nichts von irgendwelchen überirdischen Zeichen. Und selbst wenn es wahr wäre, dass dieser … dieser leuchtende Stern, den du entdeckt haben willst, die Geburt eines Königs der Juden ankündigt: Was geht es dich an? Du bist kein Jude, und du glaubst nicht an den Gott der Juden. Warum, verflixt noch mal, musst du quer durch die Wüste reisen, um dieses Kind anzubeten?"

Was hätte ich dir antworten können? Dass ich noch niemals ein derart eindeutiges Signal am Firmament habe erstrahlen sehen? In all den Jahren meiner Studien. Wie einen Wegweiser. Dass es hier möglicherweise nicht um einen gewöhnlichen König ging, sondern um … ich weiß nicht, wie ich es ausdrücken soll … um einen Gesandten des Himmels.

Ich sehe dich jetzt direkt vor mir, wie du noch immer deinen Kopf schüttelst.

Aber meinen Kollegen war es ähnlich ergangen wie mir. Kaspar und Balthasar. Sie hatten einen Drang verspürt, nein, vielmehr einen Sog. Es war so gewesen, als hätte dieses Himmelszeichen einen kraftvollen Sog ausgeübt, dem wir drei nicht widerstehen konnten. Wir sollten, nein, wir mussten dorthin reisen. Warum? Ich weiß es nicht. Aber wir alle hatten den Eindruck: Wenn wir diesem Zeichen nicht folgen, dann versäumen wir etwas unvergleichlich Kostbares. Das, was einem Menschenleben seinen Sinn verleiht.

Ja, ich habe nicht auf dich gehört und dich einfach so zurückgelassen. Bin trotzig mit den beiden anderen aufgebrochen. War es das? Hast du dich all die Tage meiner Abwesenheit so über meinen Eigensinn gegrämt, dass am Tag der Heimkehr einfach all der Zorn herausbrach, der sich in dir angestaut hatte? Als zöge man vor einem Bewässerungskanal das Brett weg? War die kleine, weiße Feder nur der Auslöser für eine viel größere Enttäuschung, die in dir tobte? Aber lass mich erst berichten, wie es uns erging.

Nach vielen mühseligen Wochen auf den Kamelen erreichten wir Jerusalem, die alte Hauptstadt des jüdischen Reichs, die heute zur römischen Provinz Judäa gehört. Und natürlich wandten wir uns dort, nachdem wir unsere Tiere in der Karawanserei untergestellt hatten, direkt an den Hof des jüdischen Herrschers.

Wo sonst sollte ein zukünftiger König zur Welt kommen, wenn nicht bei Hofe? Begeistert fragte Balthasar die anwesenden Würdenträger: „Wo ist der neugeborene König der Juden? Wir haben seinen Stern gesehen."

Schweigen!

Herodes, so heißt der amtierende Regent, starrte uns nur erschrocken an. Er wusste nichts von einem Kind. Oder von einem Stern. Und schon gar nichts von einem neuen König der Juden. Selten habe ich im Antlitz eines Menschen so viel Angst und Verwirrung gesehen. Was für eine verstörende Situation. Wir standen da, noch immer staubig, und fragten den König nach der Geburt seines Nachfolgers. Was ihm erkennbar nicht gefiel.

Kurz darauf hatte Herodes all seine Weisen und Schriftgelehrten um sich versammelt. Die Priester und Berater. Den ganzen Hofstaat. Würdige Männer in kostbaren Gewändern. Und die vermeldeten nach stundenlangem Studium ihrer heiligen Schriften: Ja, ein solcher König sei tatsächlich angekündigt. Doch wenn, dann käme er gewisslich in dem kleinen Ort Bethlehem zur Welt. Der Stadt des verehrten Vorfahrens David.

Da blitzte es in den Augen des Herodes, und er sagte mit weicher Stimme: „Ihr Sterndeuter aus dem Morgenland. Zieht ihr zuerst zu diesem Kind. Und wenn ihr es gefunden habt, dann sendet mir einen treuen Boten, damit ich ebenfalls dorthin reisen kann, um ihm zu huldigen."

Kaum hatten wir den Palast verlassen, da wurde mir klar, dass es unsere eigensinnigen Vorstellungen gewesen waren, die uns an diesen falschen Platz geführt hatten. Der Stern wies unmissverständlich den Weg aus Jerusalem hinaus. Aber wir hatten unsere Erwartungen über die Botschaft des Himmels gestellt. Wie so oft.

Wenn wir nur nicht zu spät kamen.

Ein Stall, Tiamat. Am Ende standen wir vor einem Stall. In Bethlehem. Kannst du dir das vorstellen? Ein König, der in einem Stall zur Welt kommt. Doch ich wusste sofort, dass wir diesmal richtig waren. Der Stern leuchtete direkt über dem hölzernen Verschlag – und der Säugling, der in einer Futterkrippe lag, war nicht von dieser Welt. Ohne jeden Zweifel. Obwohl er genau so aussah wie alle Babys. Dieses Kind war ein Geschenk des Himmels.

Wir fielen alle drei auf die Knie. Kaspar mit einem leichten Stöhnen, weil er ja schon länger Schmerzen in der Hüfte hat. Dann beteten wir das Kind an. Den wahren König der Juden. Und mit jedem Wort, das wir sprachen, löste sich etwas in uns – eine Sorge, ein Zweifel, ein Schrecken –, bis wir einander am Ende gänzlich befreit in die Arme fielen. Alle mit Tränen in den Augen. Noch nie habe ich mich so reich gefühlt wie in diesem ärmlichen Stall. Darum erkannte ich auch, dass ich unser Gold, meine geliebte Tiamat, leichten Herzens weggeben konnte. Ich hatte etwas viel Besseres bekommen: Vertrauen.

So überreichten wir den Eltern, einfachen Handwerkern aus einem Dorf namens Nazareth, unsere Geschenke und baten sie, damit dem Kind zu helfen, sein Reich in dieser Welt zu errichten. Leider sprachen die beiden nicht unsere Sprache – und anders als im Jerusalemer Palast war in dem Ort Bethlehem kein Übersetzer aufzutreiben.

Darum wusste ich anfangs auch nicht, was der Vater von mir wollte, als er mich zur Seite zog. Mit Händen und Füßen redete er auf mich ein. Und nach und nach begriff ich: Sein Name war

Josef, und er wollte sich bei uns für das Gold, den Weihrauch und die Myrrhe bedanken, die wir mitgebracht hatten.

Ja, mehr noch, er war untröstlich, dass er uns als seine Gäste nicht, wie es orientalische Sitte ist, freundlich bewirten konnte. Nicht einmal einen Schluck Wasser hatte er zu bieten. Geschweige denn etwas zu essen. Und das schien ihn ernsthaft zu beschämen.

Ich versuchte vergeblich, ihn davon zu überzeugen, dass wir keineswegs geringschätzig von ihm dachten. Aber erkläre das mal einem Mann, der dich überhaupt nicht versteht. Tatsache ist: Er blieb untröstlich.

Plötzlich aber glitt ein Lächeln über sein Gesicht. Er beugte sich nach unten, hob etwas vom Boden auf und drückte es mir in die Hand. Ein Geschenk. Eine symbolische Geste der Gastfreundschaft. Als Ausgleich für die fehlenden Speisen.

Es war ... die Feder, die ich dir mitgebracht habe. Eine Feder aus dem Stall, in dem der Friedensbote Gottes zur Welt gekommen ist.

Mit breitem Grinsen und eifrigem Nicken raunte dieser Josef immer nur ein Wort: „Malach ... malach ... malach."

Ich zuckte mit den Achseln. Was wollte er bloß von mir? Was war das für ein Ausdruck?

Da seufzte er auf und murmelte verlegen einen lateinischen Begriff, den ich tatsächlich kannte: „Angelus ... angelus."

Und da verstand ich: Diese Feder ... meine Geliebte ... diese Feder entstammt dem Flügel eines Engels.

Wenn ich die Gesten dieses Mannes richtig verstanden habe, dann waren bei der Geburt des Kindes mehrere Engel im Stall zugegen. Singende Engel. Frohlockende Engel. Und einer von ihnen hat diese Feder verloren.

Achte sie also bitte nicht gering. Sie gehört vermutlich zum Edelsten, das ein Mann seiner Ehefrau von einer Reise mitbringen kann. Eine echte Feder aus dem Gefieder eines Engels!

Übrigens ist mir in dieser heiligen Nacht der Gott Israels noch persönlich erschienen. Darum habe ich auch überhaupt keinen Zweifel daran, dass das alles wahrhaft so geschehen ist. Ja, im Traum hat mir seine Stimme gesagt, dass Kaspar, Balthasar und ich auf keinen Fall erneut zu Herodes reiten dürfen, um ihm von dem Kind zu erzählen.

Daran haben wir uns gehalten.

Und sind, so schnell es uns möglich war, zurück in unsere Heimat gezogen.

In mir ist jetzt alles ganz leicht. Federleicht. So leicht wie diese Engelsfeder. Wenn auch du mir vergeben kannst, dann wird alles gut.

Heute Abend, kurz vor Sonnenuntergang, werde ich an unsere Tür klopfen. Sachte. Und hoffen, dass du sie für mich öffnest.

Dein Melchior

26. Das Verhör

Man sieht einen Polizisten, der missmutig in seinen Akten blättert.

Polizist: Nichts, überhaupt nichts. Na, die Geschichte ist ja auch schon dreißig Jahre her. Dieses blöde Papyrus zerfällt bereits, und das bei meiner Stauballergie. *(Er niest)* Eigentlich müsste man diesen Vollidioten da oben mal richtig die Meinung sagen. Was die sich für schwachsinnige Aufgaben einfallen lassen. Ich bin Polizist und kein Depp vom Dienst. Na, denen werde ich was erzählen. *(Das Telefon klingelt)* Polizeistation Bethlehem, Grachus am Apparat. *(Er nimmt die Füße vom Tisch und setzt sich kerzengerade hin)* Herr Polizeipräsident. Ich habe gerade von Ihnen gesprochen, nur Gutes natürlich.

Der Fall? Ja, natürlich macht er Fortschritte. Wissen Sie, es ist nicht so leicht, etwas über diesen Jesus herauszufinden. Ich weiß, dass der König schnelle Ergebnisse haben möchte. Aber ich brauche etwas Zeit, um festzustellen, ob bei dieser Geburt etwas Ungewöhnliches passiert ist und ob dieser Mann möglicherweise königlicher Abstammung ist.

Wer hat denn eigentlich behauptet, dass er der König der Juden sei? Ach, das soll ich herausfinden. Natürlich. Aber nach dreißig Jahren ...

Ja, ich habe bereits Zeugen vorgeladen, die werde ich mir vorknöpfen. Ich mache das schon. Ja, ja, natürlich, kein Aufsehen. Ich schicke Ihnen spätestens morgen meinen Bericht. Wollen Sie ihn per Pferd oder reicht Esel? Ach, eine Overnight-Hyäne, gut, wird erledigt.

Darf ich fragen, worum es bei dieser Untersuchung eigentlich geht? Das würde mir helfen. Ach, der Mann wurde vor drei Tagen gekreuzigt, Herodes will herausfinden, ob er einen Fehler gemacht hat. Ich melde mich, gerade kommt mein erster Zeuge herein. *(Er legt auf)*

Frau 1:   Sind Sie Kommissar Grachus?

Polizist: So ist es! Sie sind zu spät! Ich habe Ihnen ja schon gesagt, worum es geht. Um diese besondere Nacht vor dreißig Jahren. Sicher erinnern Sie sich daran.

Frau 1:   Na, so besonders war das gar nicht. Mitten in der Nacht kam dieser Mann zu mir, aufgeregt, nervös. Er sagte mir, dass seine Frau gerade ein Kind bekommen würde und dass er heißes Wasser bräuchte. Ich weiß noch, ich habe ihn gefragt, ob er der Vater sei, und da guckte er mich ganz komisch an. Er wirkte so hilflos, dass ich einfach mitgegangen bin. Wir hatten damals ja noch keine Hebamme im Ort.

Polizist: Und wie ging es dann weiter?

Frau 1:   Es war schrecklich dreckig in dieser alten Scheune. Aber die beiden hatten kein Zimmer mehr bekommen. Ich habe geholfen, so gut es ging. Es ist gar nicht so einfach, Kinder zur Welt zu bringen, wenn einem dauernd Kühe von hinten in den Nacken atmen. Eine hygienische Katastrophe. Aber es lief dann doch ganz gut: ein strammer Junge. Außer mir und dem Mann – und den Viechern – war übrigens keiner da dabei.

Polizist: Ist Ihnen sonst irgendetwas aufgefallen?

Frau 1: Mmh. Nein. Wie gesagt: Es war ein gesunder Junge, nicht besonders groß. Ich musste aber auch direkt nach der Geburt wieder weg, weil meine eigenen Kinder allein zu Hause waren.

Polizist: Und waren da irgendwelche Engelsgesänge, Sterne, Könige oder Ähnliches?

Frau 1: Geht es Ihnen gut? Sie glauben doch nicht, dass Könige einen solchen Stall betreten würden. Außerdem war es eine schwere Geburt. Die Frau hat zwei Stunden unter starken Presswehen wie am Spieß geschrien. Da hatte ich wirklich keine Zeit, auf Engelsgesänge zu achten.

Obwohl: Als dann die Geburt vorbei war und ich dieses verknautschte Neugeborene im Arm hatte, da hatte ich schon das Gefühl, als ob die Engel singen würden. Aber das ist ja wohl bei jeder Geburt so. Haben Sie Kinder?

Polizist: Nein, äh, danke, ich denke, das war es für heute. Schicken Sie bitte den Mann rein, der draußen auf dem Gang sitzt.

Frau 1: Gern, auf Wiedersehen dann.

Mann 1: *(kommt herein)* Guten Tag. Wissen Sie eigentlich, wie lange ich schon da draußen sitze?! Meine Kneipe ist voller Leute. Ich habe wirklich Besseres zu tun, als mit Ihnen über irgendwelche dreißig Jahre alten Geschichten zu plaudern. Machen Sie bitte schnell!

Polizist: Hatten Sie damals kein schlechtes Gewissen, als Sie eine schwangere Frau in die Scheune geschickt haben?

Mann 1: Schwangere sind schlechte Kunden, die trinken nichts. Und wenn man Pech hat, dann versauen sie einem die ganzen Laken. Aber an diesem Abend hatte ich, wenn ich mich richtig erinnere, überhaupt keine Wahl. Wegen der komischen Volkszählungssache war die ganze Stadt ausgebucht. Ich habe damals sogar noch in zwei anderen Herbergen nachgefragt – sie hat mir ja leidgetan –, aber es war nichts zu machen. Sehen Sie, bei so einer Reise bucht man das Zimmer doch vorher. Was kann ich dafür, dass ihr Mann so eine Tranfunzel ist und das vergisst?

Polizist: Die Frau war hochschwanger!

Mann 1: Darum habe ich ihr ja auch die Scheune angeboten. Wissen Sie, wenn drinnen die Gäste rufen, dann können Sie nicht ewig rummachen. Ich bin doch kein Wohlfahrtsverein. Und ich kann Ihnen was sagen: Als ich einige Tage später im Stall war, da lagen überall noch die Windeln rum, und der Ochse war völlig durcheinander. Die können froh sein, dass sie schon weg waren.

Polizist: Ist Ihnen irgendetwas aufgefallen? Waren da irgendwelche Engelsgesänge, Sterne, Könige oder Ähnliches?

Mann 1: Stehen Sie auf so was? Wissen Sie, wenn meine Gäste nachts um zwei die Kneipe verlassen, dann erleben sie genau das: Sterne, Engelsgesänge, und sie fühlen sich alle wie die Könige. Die Nachbarn jedenfalls halten dieses Grölen selten für Engelsgesänge. Sagen Sie mal, gegen mich liegt doch diese Anzeige wegen nächtlicher Ruhestörung vor – ist da was zu machen?

Polizist: Ich kümmere mich drum. Bitte verlassen Sie in den nächsten Tagen nicht die Stadt. Vielen Dank erst einmal. Können Sie den Mann draußen hereinschicken?

Mann 1: Ich hoffe, ich konnte Ihnen weiterhelfen. Ach, eines fällt mir noch ein: Ich habe gehört, dass am nächsten Morgen einer der Hirten nicht zur Arbeit erschienen ist. Na, tschüss dann.

Mann 2: *(kommt herein)* Haben Sie mich bestellt?

Polizist: Ja, wenn Sie der Mann sind, der damals als Hirte im Jahr der Volkszählung die Geburt eines Jungen hier in einem Stall von Bethlehem miterlebt hat.

Mann 2: Jesus?

Polizist: Genau, den meine ich. Dann sind Sie der richtige Mann!

Mann 2: Ja, ich habe Jesus persönlich als neugeborenen Säugling gesehen. Später habe ich mich ihm dann am See Genezareth angeschlossen.

Polizist: Einem inzwischen verurteilten und hingerichteten Verbrecher?

Mann 2: Das war er nicht! Niemand hat ihn richtig verstanden. Begreifen Sie, was ich meine? Er war nicht wie andere Menschen. Das habe ich schon damals im Stall gemerkt.

Polizist: Hat er sich jemals als König der Juden bezeichnet?

Mann 2: Nein! „König" ist auch völlig unpassend. Sein Vater war Schreiner. Die Mutter wirkte ein bisschen ... äh ... vergeistigt, aber sonst war sie ganz normal. Jesus wollte auch gar nicht herrschen. Er hat von Liebe erzählt und Liebe verschenkt. Bei seiner Geburt, da waren drei weise Edelleute aus dem Osten da. Und die haben königliche Geschenke mitgebracht. Aber ich glaube gar nicht, dass die ihm gefallen hätten. Er hat immer sehr einfach gelebt.

Polizist: Bei der Geburt waren direkt diese Herrscher dabei?

Mann 2: Nein, erst später. Ich kam übrigens auch erst mehrere Stunden später. Wissen Sie, ich hatte Nachtdienst und saß am Lagerfeuer, um die Schafe zu bewachen. Und plötzlich leuchtete der Himmel, und dann kam eine Stimme, die sagte: „Fürchte dich nicht!"

Wissen Sie, zuerst hatte ich riesige Angst, aber dann wurde ich auf einmal ganz ruhig. Ich habe mich tatsächlich nicht mehr gefürchtet. Nicht nur die Angst vor dieser Erscheinung war weg, sondern all meine Lebensängste, alles, wovor ich immer davonlaufen wollte, war weg. Alles schien auf einmal so klar. Als wären all meine Lebensfragen plötzlich beantwortet. Meine Aufgabe war es, zu diesem Stall zu gehen und diesen Jesus zu finden. Und das habe ich gemacht.

Polizist: Und was haben Sie dort gemacht?

Mann 2: Ich habe ihn gefunden. Und auch wieder nicht. Ich habe gemerkt, dass ich mich auf einen Weg machen muss, wenn ich wirklich verstehen will, was er dieser Welt zu geben hat. Seitdem hat er mich nicht mehr losgelassen. Wissen Sie, als ich damals zu diesem Stall kam, da hatte ich das Gefühl, als ob alle Sterne der Welt direkt darauf zeigen. Und den drei Weisen ging es genau so. Es war jedenfalls wundervoll. Der Tag, der vor dreißig Jahren mein Leben radikal verändert hat.

Polizist: Vielen Dank, Sie haben mir sehr geholfen. Bitte halten Sie sich zu meiner Verfügung. *(Der Mann geht hinaus, der Polizist wählt begeistert)*

Grachus, Polizei Bethlehem. Bitte verbinden Sie mich direkt mit dem Polizeipräsidenten, ja, es ist dringend, er wartet auf meinen Anruf … Herr Polizeipräsident. Ja, ich habe einiges wegen Ihres Gekreuzigten herausgefunden …

Was, die Sache hat sich erledigt … er ist auferstanden. Na toll, und dafür schlage ich mir hier den Sonntag um die Ohren.

Danksagung

Jede Geschichte hat ihrerseits eine Geschichte. Und das heißt auch: Zur Entstehung dieser Texte haben viele sehr kreative Menschen beigetragen, bei denen ich mich an dieser Stelle herzlich bedanke:

» vor allem bei meiner Frau Miriam Küllmer-Vogt und meinen gerade an Weihnachten äußerst inspirierenden Kindern Charlotte und Moritz,
» bei Petra Hahn-Lütjen und Thomas Klappstein, die mich in guter Tradition regelmäßig motivieren, neue Weihnachtsgeschichten zu schreiben,
» beim Kreativ-Team Niederhöchstadt, mit dem ich bei vielen ungewöhnlichen Theaterstücken über Jahre hinweg gemeinsame Sache gemacht habe,
» bei den Mitarbeiterinnen und Mitarbeitern des Brunnen Verlags, die diese Texte so kunstvoll in ein Buch verwandelt haben,
» bei meinem Kabarettpartner Martin Schultheiß, der sich bei vielen Autofahrten meine neuesten Plot-Ideen anhören und beurteilen durfte,
» und bei allen, die diese Geschichte in Gruppen und Kreisen zur Unterhaltung vieler einsetzen – und mich immer wieder zu neuen Erzählungen anregen.

Andreas Malessa

Was gibt's da zu feiern?!
Weihnachtsgeschichten, kurz und gut

Taschenbuch, 128 Seiten
ISBN Buch 978-3-7655-4340-1
ISBN E-Book 978-3-7655-7352-1

Wenn sich Weihnachtsmärkte zu Rummelplätzen entwickeln und Glühwein-Partylaune jede feierlich-festliche Stimmung verdrängt – dann wird es Zeit für Humor mit Tiefgang. Für Anekdoten, die uns nachdenklich schmunzeln lassen. Für Geschichten, die den Grund zum Feiern anschaulich beschreiben: Christus ist geboren.

Christoph Zehendner

Josef, staub die Krippe ab
Neue Weihnachtsgeschichten zum Staunen, Lachen und Feiern

Hardcover, 112 Seiten
ISBN 978-3-7655-0694-9

Weihnachten ist mehr als „Flair"! Das zeigen diese wunderbar unsentimentalen Kurzgeschichten von Christoph Zehendner. Sie glänzen ohne Rauschgold und Lametta: Mit viel Witz, Fein- und Sprachgefühl lassen sie aufblitzen, worum es wirklich geht im Advent und an Weihnachten. Zwölf Geschichten, auch für Menschen, die „eigentlich keine Weihnachtstypen" sind.